吴章中 著

念亲恩

偶写漫记录

海峡出版发行集团 | 海峡文艺出版社

图书在版编目(CIP)数据

念亲恩:偶写漫记录/吴章中著.－福州:海峡文艺出版社,2023.9
ISBN 978-7-5550-2927-4

Ⅰ.①念… Ⅱ.①吴… Ⅲ.①散文集－中国－当代②诗集－中国－当代 Ⅳ.①I217.2

中国版本图书馆 CIP 数据核字(2022)第 033139 号

念亲恩——偶写漫记录

吴章中 著

出版人	林 滨
责任编辑	莫 茜
出版发行	海峡文艺出版社
经 销	福建新华发行(集团)有限责任公司
社 址	福州市东水路 76 号 14 层
发行部	0591－87536797
印 刷	福建东南彩色印刷有限公司
厂 址	福州市金山浦上工业区冠浦路 144 号
开 本	787 毫米×1092 毫米 1/32
字 数	152 千字
印 张	9.875
版 次	2023 年 9 月第 1 版
印 次	2023 年 9 月第 1 次印刷
书 号	ISBN 978-7-5550-2927-4
定 价	70.00 元

如发现印装质量问题,请寄承印厂调换

序

  章中是我在闽北工作时认识的一位老朋友，他担任过县级市的市委宣传部副部长兼文联主席，后来离开了宣传文化系统，到政府的相关部门工作。虽各自忙于各自事务，平常往来不多，但因为我们都喜欢文学，有着共同爱好，我们之间一直保持着深厚的友谊。印象之中，章中曾更多地专注于本地的文史研究，且斩获颇丰，他的历史纪实专著《建安纪事》，厚厚的一本，充分展示了他对本地人文深入的研究和心得，他又使用了文学的笔触，使作品具有很强的史实性和文学性，十分好读。数年之前，章中又出版了另一部专著，《斯文在兹——朱子与闽北》，同样相当出彩，史料厚实，见解独到。他在公务繁忙之际，仍能保持着如此读书和写作的习惯，并且成果不俗，让我相当叹服。

  前些日子，章中给我发来了他的一部作品《念亲恩——偶写漫记录》书稿，又让我吃了一惊，他请我为此书作序，面对他如此执着的文学初心和创作热诚，我实在找不出推辞的理由。

正如此书副标"偶写漫记录"所言，《念亲恩》一书，其实是章中个人的文学作品集，他把多年所写的文学作品集结成书，以"念亲恩"为主题，分为三辑并加附录。第一辑《乡愁杂记》；第二辑《诗歌选录》；第三辑《近思先哲》。附录部分是关于古建州一所著名书院（建安书院）的考证以及三首原创歌曲。读完全书，我有几点感触颇深。

一是书中充满了感念恩情。所有作品都围绕"念亲恩"一个主题，无论是写给闽北的《建宁府，闽北的乡愁》，写纪念父母的《念亲恩》，写抗疫歌曲《我不会离开你》，写故乡那片土地上的历史先哲，字里行间，章中无不表达了对至亲友人、对国土家园、对先贤前辈的敬重和热爱，那份情深意切，跃然纸上。感恩自然的赋予，感恩先辈的遗泽，感恩父老乡亲，章中深怀赤子之心。

二是书中皆为有心之作。在《念亲恩》这本集子中，章中用语平实，情真意切。如散文《茶的味道》《水漫芝城记》《读徽州古村》《朱子解经故事》等，章中叙述朴实，娓娓道来，言之有物，物中藏情；又如诗歌《井底的高人》《父亲告诉我，世界好美》《在善见塔上》《勤与卷》等，章中有感而发，诗以言志。总之，不做无病呻吟之作，不求有惊人之语，章中在日思中怀想，在夜灯下沉思，从容地在自我生活和思想的稻田里，拾谷捡穗，在自己的人生之路上，观云见日，朝花夕拾。

三是书中体现了情怀和责任。章中写家事，写友情，写个人感悟，写社会热点，多是从真事小处着眼，努力在字里行间之中，说实话，有诚意，见真心。他为闽北地方历史写的那些文章，篇篇都可见他对史料掌握全面，钻研深入，颇有感悟，始终坚守着人文情怀和社会责任的底线。

每位作家的作品集，都是他自己构筑的文学家园，都是以个体的历程沉淀、独特的生活发现、人生的领悟来彰显独自的个性，由此才呈现了文学世界的广阔与丰富，并具有高辨识度。一个作家面朝天空，当然能捕捉彩霞与云朵，面对地面，应该能收获露珠和庄稼。章中在《念亲恩》一书中，显然没有心思想往上去追求霞光和云彩，相反，他却尽量俯下身去，向下从他自己所站立的土壤里，挖掘泥巴里的果实。我觉得，这同样是一个不可多得的收获。文学,是在情里心上的诚意工夫。

是为序。

陈毅达

2023 年 8 月 10 日

(本文作者系福建省文联党组成员、书记处书记,福建省文联副主席、省作家协会主席)

目录

第一辑　乡愁杂记   1

茶的味道   3

卷首语   8

洞见"冶城"   10

读徽州古村   22

回来了，在收割的季节   29

既见君子，云胡不喜   32

建宁府，闽北的乡愁   39

一路上有你   61

开学了，你忙些什么   65

历史，我们没有忘记   70

千年建州，理学名城   87

练寓传   92

美食在建瓯   97

念亲恩 　　　　　　　　　　　　106

水漫芝城记 　　　　　　　　　118

闻名遐迩的建安北苑 　　　　122

我比任何时候更懂你 　　　　133

有儿初长大 　　　　　　　　137

第二辑　诗歌选录　　　　　139

百年不易（组诗） 　　　　　141

假日 　　　　　　　　　　　152

井底的高人 　　　　　　　　154

离歌 　　　　　　　　　　　156

盛夏的绸缪 　　　　　　　　158

送别 　　　　　　　　　　　160

父亲告诉我，世界好美 　　　162

在善见塔上 　　　　　　　　164

植树 　　　　　　　　　　　167

多幸运，曾有个我们 　　　　169

新年游绸岭二首 　　　　　　171

逻辑 　　　　　　　　　　　173

此心安处是吾乡（歌词） 　　175

我不会离开你（歌词）	177
逆向而行（歌词）	179
行行复行行	182
辛丑归家	183
阳光新年	184
与德泮讲谈	185
勤与卷	186

第三辑　近思先哲　　187

沙洲画卦	189
迁居五夫	194
卜居考亭	199
朱子与《近思录》	204
朱子与《太极图说解》	209
朱子与《西铭解》	214
朱子与四书	219
朱子与五经	224
三魁之会	230
庆元之殇	235
朱子当祠官	241

说说《朱子语类》　　　　　　　　　　 *247*

从困学走向中和　　　　　　　　　　 *252*

朱子解经故事　　　　　　　　　　　 *257*

朱子谈天理人欲　　　　　　　　　　 *261*

朱子谈儒家道统　　　　　　　　　　 *266*

附录　　　　　　　　　　　　　　*271*

建安书院　　　　　　　　　　　　　 *273*

此心安处是吾乡　　　　　　　　　　 *293*

我不会离开你　　　　　　　　　　　 *298*

逆向而行　　　　　　　　　　　　　 *302*

第一辑

乡愁杂记

乡愁,是嵌入骨髓中的一种情义

只要呼吸在,乡愁就在

茶的味道

小时候在乡下,家里有两件家什至今难忘。

一件是母亲摆在客厅香桌上装满茶水的大茶瓮,一件是父亲出门干活时常带在身边的长茶筒。如今在建瓯城里,也有两处场景极招人眼。一处是家家户户客厅上几乎都有的某件工夫茶具,一处则是大小办公场所里头全有的会客茶桌。无论生活与岁月如何更替,茶总是不离不弃地伴随在闽北人生活和生产中。这份经年累月相守以茶的缘,让自古以闽北中心著称的建州城乡处处盈溢着浓浓的茶香。如果可以用一种味道来描述建州的气质,我以为只有茶味是最合适的了。

这是勤劳的先祖植在土地里经久不变的味。

据考,中国人制茶与喝茶的历史是在秦汉以前,从四川开始。不过,也有典证地处闽北的建州在汉代已有了优良的茶种。如四川就有"昔有汉道人,分来建溪(指建州)芽"之说,因为建州治地建瓯优越的自然条件很适宜茶树种植。唐中期，茶圣陆羽在《茶经》中说建州之茶"往往得之，其味极佳"，可见当时建瓯乃至整个闽北的茶已具声名。及唐末，当地制作的研膏蜡面茶成了贡品，五代闽国时建瓯北苑凤凰山一带的茶园成了御茶园，至北宋太平兴国时制作龙凤团茶上贡，龙凤团茶成了中国茶史上最著名的贡茶。宋徽宗赵佶誉其为龙团凤饼，名冠宋、元、明数朝共400多年，实可谓"建溪官茶天下绝"（陆游语）。可想见当年的茶园之广，茶事之盛。后因团茶遭罢黜，建州的茶业有过一段冬眠般的沉寂。不过，爱茶的建州人很快就走出寒冬，在那块曾经与茶相守数百年的土地里又掀起了茶业的复兴。原北苑龙凤茶园的茶树，被换了个低调的名字叫乌龙茶，而水仙茶则在瓯宁县（今建瓯）禾义里（今建瓯小松、建阳小湖一带）祝仙洞被发现并被大量引植。乌龙、水仙自清光绪年开始在建瓯大力发展，茶誉复显。其时，有慕名而来的台湾客把东峰桂林的乌龙茶树带回南投县，育成了台湾冻顶乌龙。民国初年，建瓯詹金圃茶号在巴拿马－太平洋国际博览会上获金奖。新中国成立后，建瓯又一度成为全国最大的乌龙茶精加工基地。现在，仅闽北建瓯就有前人留下的茶园面积10万多亩，年产茶叶

7500多吨，城乡处处是茶香。

这是多情的文人留在书卷中无法消去的味。

"自古诗家多茶客"。以建瓯东峰凤凰山一带为核心的北苑贡茶独领茶事风骚数百年，为之倾倒的达官贵人及文人墨客难以计数，他们以茶会友，以茶抒怀，研究的茶学专著就有十数种，所写的茶诗词曲据不完全统计有六百余篇，留下了无数经典茶著及脍炙人口的名句，至今熠熠生辉。茶著如赵佶的《大观茶论》、蔡襄的《茶录》等；名句如范仲淹的"北苑将期献天子，林下雄豪先斗美"，欧阳修的"建安三千五百里，京师三月尝新茶"，周绛的"天下之茶建为最，建之北苑又为最"等等数不胜数。凡著文者多是一等一的名人：如宋徽宗、司马光、王安石、苏轼、晏殊、朱熹、乾隆皇帝、郑板桥等等。若要再列，还可以排出一大堆的名单来，就窥斑见豹吧。据载，历代赞颂北苑茶的名家有两百多位，这些高端茶"粉丝"们的吟咏描述，为建州留下了经典大气的茶文化，不仅见证了茶的辉煌，让人享受了茶韵之美，还时刻在滋养着这块土地上的人们，教会他们如何知茶爱茶。

其实，茶的味本没有这么抽象。它的味原由苦、涩、甜、鲜、酸等多种成分构成，不同的茶类，滋味也不一样。建瓯的茶属于青茶（乌龙茶）类，质好的香气浓郁，喝起来口味甘醇，舌底生津，劣茶则淡而无味，涩口麻舌。古人因药食茶，后人把茶当成日常饮品，这样的演变过程想必建州人是做过重要贡献的。宋人杨亿在过建瓯云际山作的《题陆羽井》中有"真茶泛云液，一饮可延年"之说，他告诉我们好茶不但茶要好，泡茶的水也要好。可见，那时的建州人对茶已多有讲究。事实上千百年来，建州人把在茶事上的执着变成了一种习惯：为了出好茶，他们把自己发明的中国历史上的斗茶习俗"茗战"延续到了今天的茶王赛；为了衬好茶，他们从宋代的兔毫盏开始做成了今天的竹木根艺等各类精美的茶具；为了感茶恩，他们的先人慕贤凿井谢茶圣，今人则品茗焚香敬茶神；为了悟茶谛，宋朝皇帝更是把"清和澹静"这四个字早早地教给了让他容颜大悦的建州人。这里的人们对于茶似乎早已超越了其药用的本需，所要汲取的更像是其已被凝练成的某种人生哲理。

当日本人从这里带走抹茶的祖方并开创茶道时，这里的人似乎只对茶的实用感兴趣，而轻于对所谓道的形式的研究。当各地一呼而起巨资造茶卖茶的时候，这里的人自饮自乐,从容面对虚浮之茶市,温而不火,像自恋的人守着一丝淡定。"至若茶之为物……祛襟涤滞,致清导和,则非庸人孺子可得知矣。冲澹闲洁,韵高致静,则非遑遽之时,可得而好尚矣。"当品茗无数的赵佶把对茶的彻悟留给世人时,作为建茶圣地建州核心地的建瓯人一定是有着得其真传般的领会的。这里的人敬茶乐茶,是一种习性,一种生活,一种在清静平和中的恭俭让。

这是苦涩甜鲜酸外的一种特别的味。这种味道,能烘出好茶;这种味道,也能焙出幸福。

2011 年 11 月

卷首语

——《建瓯文艺》2015 春刊

三月的建瓯，桃李花开。

暖风细雨中，一切都变得生动起来。

河鱼在水面蹦蹦跳跳地呼吸，山雀在树上叽叽喳喳地嬉戏，春笋在林里噼噼啪啪地拔节，而我们的《建瓯文艺》，也在大家的关怀下认认真真地成长。

在建瓯这样一个有着悠久文化古城背景的城市创办文艺刊物，从一开始我们就被紧张、兴奋、压力、激情诸多错综复杂的情绪所围困，端的是——兴罢归来还对酌，持笔如枪暗自忧。创刊号推出后，编辑部收到了很多读者的来函，赞许多于批评。是的，我们都喜欢听到赞许之声，因为有了大家的肯定，我们会信心倍增；当然，我们也同样需要听到批评的声音，因为有了大家的指点，我们的成果才会愈加动人。

作为2015年的首季春刊,我们精心推出的足以凸显本期主题精神的系列主打作品均弥漫着春的气息,给人以阳光、正气,给人以敦实、希望。以连载方式精选的陈毅达先生的优秀中篇小说《小小少年》,以写实的笔调和宽容的情感记录了一个少年在那段"红色岁月"里曲折的成长故事,小说的经典句"假如生活欺骗了你,不要忧伤!"既是对过往岁月荒诞故事的揭露,也是对荒诞制造者的宽恕和包容。散文栏目则在继续述说着建瓯的历史名人故事,《君子潘承佑》《劈奸持正的明大臣李默》《历史锋刃上的郑珏》《环溪精舍书声朗》等等,为读者呈现了古代建瓯一批正直、忠诚、爱国、贤能的人物故事,作品的内涵聚而构成了本期的主旨,它与明快向上、敦实清爽的春天格调相契合,与务实公正、敬业守信的全民价值观精神相呼应。读来不仅令人肃然起敬,更有一股激浊扬清的豪情阵阵涌来。

春天里,一切都充满了生机。

2015年3月

洞见"冶城"

> 守正是复兴的前提。
>
> ——题记

福建古时候有个"冶城",始建于汉高祖五年(前202)。比"冶"更早之前还有"七闽",是闽地被西周征服的七个小方国,始见于《国语·新语》之载,约西周时代(前1046-前771)。再更早以前,人们至今未发现有文字记载的福建。但近百年来的考古实践发现:商代有闽侯黄土仑文化遗址(有陶器和石器)、漳州虎林山遗址、南靖土地公山遗址(有陶器和兵器)、光泽白主段遗址、武夷山葫芦山遗址、浦城猫耳弄山遗址(陶器为主)、武夷山船棺等等;新石器时代文化遗址有福清的水稻灰烬,浦城牛鼻山遗址大量的石锛、石镞(约4000-7000年前),清流的人类化石,东山的"东山人"化石等(约在1万年左右);旧石器时代还发现有三明万寿岩早期人类活动的遗址（约18万年前）。

很多，史学界已有系统论说，这里不作赘述，以上呈现的仅是时间线上的重点。本文要说的不在福建的历史溯源，而在"冶城"，这个被汉高祖刘邦御封的闽地第一个中原承认的异姓封国都城。

冶城，是汉初御封的闽越国都城。它对于福建的意义很重要，因为它承前启后、继往开来，现代很多有识之士甚至认为冶城之地即为福建的源头之地，以致争相挖掘证明归属。如：有福州市政协主编公开出版的《冶山史话》，认为冶城在福州；有福建闽越王城博物馆主编出版的《闽越王城文集》，以大量的考古发现及遗址呈现，认为冶城可能在武夷山城村；《中国地域文化通览》之《福建卷》认为冶城可能在福州和武夷山城村两地。持"冶为福建之源说"的，有原南平市政协副秘书长李子先生的《"冶城"新解——福建文明的源头之探》，认为古闽国的都城叫冶城，都城设在建瓯一带，建瓯为福建文明之源；有建瓯方志委主编的《闽源之窗》公开撰文，用倒推考证法称冶城在建瓯，建瓯为闽源；本人十年前在撰写《建安纪事》时也花了近四年时间来考证冶城的归属，学那些有识之士亦想证明冶城在建瓯，彪炳建瓯的历史荣光。

遗憾的是，看过《建安纪事》的人都知道，作者无法断言冶城在建瓯。时下，闽源之探又在建瓯蓬勃兴起，本人虽然无法证明冶城在建瓯，但却留下了几点读书心得，且十分愿意为闽源之探提供个见。

首先，"冶城"并非闽地之源。因为，在冶之前，从文字记载看就有"七闽"，即七个小方国。从考古发现看，福建各地都有商周及更早时期的人类遗存，也证明了闽地在商代以前就有多个地方存在人类活动。李子先生所说的古闽国是存在的，且文献记载就有7个。只是，他们与"冶"不在同一个时代，至少相差近千年。若真要以"源"来定位，这些早期的福建人类，似乎更有资格称"源"。然而，源头到底算哪个方国呢？或者哪个遗址地呢？建瓯属于哪个方国呢？学界至今没有定论。另外，中国古代所谓的"治国平天下"，是说唯有治理好邦国，方能取得"率土之滨莫非王土"的天下太平。这个"国"，大可到领千邑之地，小的仅是一个领数百户土地的受封家族。按闽地在周代，比汉代淮南王刘安所厌弃的"闽地蛮荒多狭阻"要更早过千年，应该"发达"不到哪里去，所以对其七个小方国在繁荣无比甚至超过中原的设想上，不必痴心。

其次，"冶城"到底在哪里？这是个十分专业的史学命题。要回答这个问题，也只能借助当前历史学界公认的研究方法来予以解答。按历史学研究的方法，无外两个手段：文献记载和考古发现。强调一下，这是世界公认的方法。除此别无他途。

一、文献记载的"冶城"

一是可以看出明确方位的。《史记》卷四十一《越王勾践世家》有说："汉五年（前202），复立无诸为闽越王，王闽中故地，都东冶"；《汉书·闽粤传》也说："汉五年，复立无诸为闽越王，都冶"。结合两条可知，冶即东冶，是闽越王无诸的都城。再看：《史记·东越列传》说："无诸都冶，摇（指浙东南沿海一带东越国的首领东海王）都东瓯，东越后立为冶县。"《汉纪》说："武帝平东越，东瓯后立为回浦县。"这两条为承前启后信息，意思是：汉武帝灭东越后，原无诸的都城"冶"立为冶县，原摇的都城"东瓯"立为回浦县。请继续：《闽大记》卷二《闽记》说："汉孝昭始元二年（前85）闽越立冶县，属会稽南部都尉。"《晋书·地理志》和《太平御览》均载："冶县，后更名为侯官。"此二条意思很明显：冶县后来更名为侯官县。再继续：宋代《太平寰宇记》之《江南东道》说："建安县，地本孙策于建安初分侯官之地立此邑，即以年号为名，属会稽南部都尉。"明代《八闽通志》："汉建安初，始分侯官之北乡，置建安、南平、汉兴，属会稽南部。"两条的意思是：东汉建安初年，从侯官县分出三块，设为建安县、南平县、汉兴县。可见，建安之地从侯官分出，侯官早于建安。

以上为文字记载的递进式信息链，把"冶"的所在最后指向了"侯官"。而全中国只有福州的前身叫过侯官。还有直接明了的，如：宋代《三山志》载："冶都，在今府（指长乐府，今福州）治北二百五十步。"

如果从以上文献记载来看，冶在福州没有疑义。

二是从互证中推出的可能性方位。这个问题要先从一段历史故事说起。强调一下，故事非本人所编，乃据历史文献梳理而成：

秦末，天下大乱。以秦闽中郡（辖区含福建全境及浙南和粤东北）君长无诸、闽越贵族摇和织为代表的三位豪杰率领闽越人参与了反秦起义，后又"佐汉击楚",成了刘邦建国的功臣。汉高祖论功行赏,遂在原闽中郡故地立三个王,分别是闽越王无诸、东海(后改东越)王摇、南海王织。闽越国建都"冶城",东海王建都"东瓯",南海王以"南武"为封地。东瓯后来改为回浦县,在今浙江温州和台州一带,南武在今福建武平县境内。刘邦名义上行赏,实际上是拆分了无诸的原闽中郡天下。这种分治政策,令闽越国的无诸产生了不臣之心。于是,战争开始,从公元前202年无诸建国到前110年余善(闽越国王)亡国的92年时间里,闽越国几乎深陷争抢国土的战争中。其间,南海国率先被汉朝镇压,其地被划入南越国(今广东省大部)。闽越国与东海国则分分合合。汉武帝建元六年(前135),闽越国王郢的弟弟余善发动弑兄政变,汉朝为稳定闽越局势,遂另立无诸之孙丑为闽越繇王,改东海为东越,立余善为东越王。余善虽为东越王,实际上还掌握着闽越国的大权,闽越和东越都是余善做主,亲如一家,闽越和东越这个时期也经常混为一谈,闽越即东越,东越即闽越。于是,两越携手共同对抗汉朝军队,在福建北部构筑了拒汉六城,分别是:邵武乌坂城,浦城汉阳城、临江城、临浦城,武夷山汉城、建阳大潭城。武帝元鼎七年（前110），汉廷调遣四路大军围攻闽越国，闽越灭亡。汉武帝随后实行"徙民虚地"政策，下令强行将闽越国城池尽毁，将闽越民众北迁散居到江淮之地。

故事到此为止，我们继续回到寻找"冶城"中来。

（1）地名推设论。一是有学者以"东瓯"县的瓯，与北宋设立的"瓯宁"县的瓯为同一字，推设瓯宁县的命名是由于汉初所立东瓯县在今建瓯，因而取名为"瓯宁"县。这也是本人当初极想证明成立的愿望。支持的文献有：清代八闽督学徐孺芳为时任瓯宁县令邓其文修订的《瓯宁县志》作的序文："曰瓯宁，闽郡邑别无以瓯名者，按汉元鼎中，闽与瓯并称，王相攻击，岂无诸余善时？特籍此控制瓯越耶。"徐督学的意思是：宋代之所以取县名为"瓯宁"，是东瓯当年在建瓯。理由有二：其一福建其他地方没有以"瓯"为名的；其二当年汉朝为了控制闽越国，特将东越国国都东瓯县设在此地。徐孺芳的推论并没有其他确切文献可以佐证，他的观点不是基于文献记载，是个人推断。二是有学者认为"冶县"即"东瓯县"，得出冶县在建瓯，闽越国国都在建瓯。所持理由是：闽越国即东越国，东越国都东瓯县后来改名为回浦县（见《汉纪》："东瓯后立为回浦县"），回浦县后来改名为章安县(见《太平寰宇记》:"回浦,后汉光武更名章安"),以"章安"与"建安"谐音,认为回浦县即建安县,倒推上去认为东瓯在建瓯(古建安),冶县在建瓯。

以上两种观点都是基于地名推设得出,事实上难以成立。徐孺芳所说的"瓯"字,在东越国版图上(今天的浙江温州地区)是存在的。而回浦与章安也存在于今天浙江省的台州地区。

(2)史实推设论。汉初,由于闽北地区存在"拒汉六城"的历史事实,再加上余善弑兄政变后被封为东越国国王,有过一段二王并存(东越国王余善,闽越国繇王丑),余善掌控两越的时间,于是有学者推断,"冶县"可能存在于几个地方:①福州;②浙南的回浦(即章安);③浦城;④武夷山城村;⑤福州为闽越国繇王的国都"冶",武夷山汉城为东越国余善的国都"东瓯"。

以上没有确指,都是推设。但以"冶在福州说"和"东瓯在武夷山城村说"为学界普遍共识。

二、考古发现的"冶城"

以下只就福建可能存在的冶城进行分析。

（1）福州。一是发现闽越的城市建筑和聚落遗址。20世纪年代以来，陆续在新店的浮仓山发现有大批汉代的板瓦、筒瓦；屏山附近的省财政厅工地、农业厅工地、水产厅、省二建综合大楼工地及其他多处发现一批汉代居住遗址，出土了板瓦、筒瓦、陶水管、日用陶器等大批物件，还出土了仅限王室使用刻有"长乐未央"和"万岁"字样的瓦当，专家认为是当时的大型宫殿建筑遗存。二是留有闽越遗存的地名。如"冶山""越王山""越王台""侯官"等等。学界以文献与考古的双重佐证，认同冶城在福州。

（2）武夷山城村。武夷山城村近年来考古发现取得了重大突破，无论是在闽越城市建筑和聚落遗址上都大大超过了福州所发现的规模和数量。其城市遗址面积达48万平方米，有东南西北四个城门，城内有五条道路，主干道宽达10-12米，城内挖掘的板瓦、筒瓦、"万岁"瓦当、砖类、日用陶器等不计其数，还有大量的铁器、兵器、铜器和玉器，以及一批大、中、小型的闽越时期墓葬。学界认为，城村确定是一座闽越国时期的大型城市，极有可能是余善掌控两越时期的闽越国北部都城，南部在福州即冶城，由汉朝册立的繇王丑驻守，而东越王余善（那个时期由于两越合一，也叫闽越王）则在北部建都，即今武夷山闽越王城。该都或叫东瓯，或叫冶，但由于没有文献记载，无法确定其名。

（3）浦城。浦城的考古发现最早可溯至新石器时代，商周两汉时期则有大量的物件及墓葬出土呈现，特别是在闽越国时期，拥有汉阳城、临江城、临浦城等三座军事要塞，但均鲜有发现闽越特征的物件。特别是三座城池遗址里没有明显的城市建筑和聚落遗存，板瓦、瓦当、日用陶器也极为少见，仅发现有少量铁器和兵器。学界认为，浦城或有可能是周代七个方国之一；其在闽越国时期的三座城应属战备要塞，物件少或为汉武帝平乱后尽毁城池所致。

（4）建瓯。截至目前建瓯的考古发现，代表性的有商代的彩陶、商周的仿铜陶、周代的原始青瓷等日用陶瓷；战国时期的青铜剑、青铜凿等兵器；商周时期的青铜甬钟和青铜大铙等礼器。鲜有闽越国时期的物件发现，出土墓葬显示的年代几乎没有超过南北朝以前（注：大型墓葬和墓葬群是证明有贵族和聚落长期生活的力证），未发现有汉代以前的城市建筑和聚落遗址。由于没有汉代以前的聚落遗址和墓葬发掘出现，即便有散见在几个乡镇的商周时代日用品出土，学界不支持商周时代的七个方国之一有在今建瓯境内；由于没有汉代以前的城市建筑和聚落遗址，且无大型墓葬、墓葬群和文献佐证，即便有个别礼器出现，学界亦不支持闽越国时期的冶城在建瓯境内。

综合以上文献记载和考古发现，本人以为：

冶城在建瓯，既无文献记载，也无有力的考古发现，无法定论；

冶城在浦城，无文献记载，考古发现只有城址和兵器，鲜有生活用品等发现，且城池处在闽越边塞地区，不宜为国都冶城所在；

冶城在武夷山城村，考古发现有大规模城池存在，基于没有冶县的片字记载，极有可能是余善统治的闽越国另一个都城，或者是二王并存时期的东越国都东瓯（亦可称闽越国都）；

冶城在福州，既有文字记载，也有考古发现，得到了学界的普遍认同。

李子先生的论文表达的是他个人的观点，也是一家之说，无可厚非。官媒用倒推法所说"冶在建瓯、建瓯为闽源"看似不错，但恐怕缺少他人认同的说服力。尽管历史的发展会遵循一定的基础延续，可仅仅用后期的表现来推测初期是无法让人信服的。因为众所周知，汉武帝"徙民虚地"之后，福建曾有近200年被朝廷废弃的时间，到东汉从侯官迁自建安的南部都尉府，也主要是基于武备的考虑，不过也借此开启了闽北新的发展篇章。而自晋代以降，中原南迁入闽由北及南必然带来闽北的发展先机，建瓯在宋代呈现的辉煌，正是时代变迁与地理位置的双重机遇所赋予的结果。这是客观存在的反超，例子比比皆是。如深圳往前40年只是个小渔村，厦门往前100年也是个渔村，香港往前120年、美国往前300年都是个荒凉之地，而盛极一时的楼兰古国如今却早已淹没在历史的尘烟之中。如此足见：仅从后期的表现不能确证前期的现实。

历史文化的考究是个严肃的命题，因为研究的成果极有可能转化为当地政府推进文化建设的目标与方向，如若引导错误，前景未必美丽！

在历史问题上，唯有谨遵文献与考古这两条标准，才能呈现出文化发展的正确方向。

2021年8月14日

读徽州古村

很早就听说，在皖南的徽州，你只要信步走进一个村落，就可掀开一页历史；随处踏上一块石头，就能促动一个朝代。以致后来我在北往南来的列车中，只要路过徽州地，都会情不自禁拿起相机对着窗外随处可见的村落按动快门，那粉墙黛瓦、飞檐翘角的徽派建筑总能勾起心底里的惦记。

3月的一天，老友在电话里说，你们到婺源去看看吧，看看他们是如何把自己打造成地球人都知道的天上人间的。回家一谈及，伦挺激动："爸，那里可是中国最美的乡村啊！"也许是为了表示对他算是博学的赞许吧，我决定带他一同前往。

婺源，古徽州一府六县（歙县、黟县、休宁、绩溪、祁门、婺源）之一，至民国时划归江西上饶，算是一个土生土长具有徽派正统的徽州游子。加之宋代徽州婺源硕儒朱松（朱熹之父，政和、尤溪县尉）入闽首站即是我的家乡政和，具有正宗徽派地缘和亲切闽北人缘的婺源，成了我此次徽州之旅的首选。

两天的行程很短，我们把脚步定格在徽派婺源的乡村里。

到达婺源的当天下午，我们来到李坑。

李坑人用马致远的"小桥流水人家"作为品牌来推介自己美丽的家，可谓准确和凝练。先看小桥吧，一个小小的村庄，不过200多户，就架了几十座石桥、木桥和砖桥。在这里你会很自然从隔溪的两岸过桥到对面的人家去聊天、拉呱和吃酒，"出门即上桥"是李坑人的生活写照。再看流水，穿村而过的那一道溪流，天光云影，色碧声柔，更有溪上的竹筏，穿梭往返，笑语欢声，整个村落因其而倍加生动。站在桥上，望着溪边的浣衣妇，想想这些终日在溪水浅吟低唱中浸润，间或雷雨交加、山洪激荡中挺立着的女人们，她们用一生静则能持、动则能立的母性，养育了一代又一代怎样的徽州人家呢？到过后你就明白了，李坑夹岸而住的人家很不寻常！在这样一个偏远的小村里，聚族而居的李姓一千多年来出了仕宦富贾达百人，留下传世著作数十部，在那些粉墙黛瓦的徽式民居中，不乏明清古建筑，那高大马头墙下一个个曾经豪华的徽商古宅，是他们自强不息的见证。

　　第二天一早前往的村叫晓起村。与众多徽州古村一样，晓起村也拥有自己的历史辉煌。在导游的带领下，晓起村精美的古建再一次填满了我的视线，目光所及，无不白墙翘角，雕梁画栋；脚步所至，什么进士第、大夫第、荣禄第、光启堂、太和堂不一而足，东西鳞次，前后栉比，置身其中，仿佛时光倒流，回到明清。然而，最让你惦记的还是这里随处可见的参天古树。且不说远处山岭上的处处森森古木，就是在村中的任何一处坪地中，你都能与千年古树不期而遇。在这个美丽的村子里，荟萃了数百株古樟、古枫，荫荫数亩，寿逾千年。也许是巧合吧，我十分喜爱这两种树，当年我在下派村绿化风景林时就选用了它们。试想啊，如果你的生活能终日熏陶在樟树的香味里，并常常有枫树秋后美丽的彩叶来映衬，那将是何等的惬意啊！或许是因为我太稀罕于晓起村何以留存着如此众多且长寿的樟与枫吧，我悄悄地向当地老乡打听缘由，他们告诉我说，是村旁小庙供奉的"樟树大神"在保佑着这些古树哦。哈哈！也许是天机不肯泄露吧。在我看来，保佑树的神即便有也一定不在小庙里，该在世世代代晓起人的心中才是吧。

告别晓起，我们转向享有最美田园风光盛誉的江岭村。三月的江岭，漫山遍野盛开着金灿灿的油菜花。未及江岭，便见游人如帜。汽车被彻底堵在了山间盘旋的公路上，游人们只好步行上山。从江岭向下看，遍地花团锦簇，开满油菜花的梯田如链似带，层层叠叠，高低错落，秀丽旖旎。山谷里有条弯弯的小河，河边散落着几个小村庄，四周绿树围绕，满园油菜花开，远处山窝中隐隐藏着的那一小撮粉墙绿影，在金色的花海中显得格外温馨。据说香港著名摄影家陈复礼先生在岭上守候多日，终于在一个雨后晴日的清晨创作出传世佳作《天上人间》，大陆著名导演冯小刚的《集结号》也慕名到此取景。这里古树、河流、梯田、农舍，牧牛稚童，还有花海炊烟，完美地展示了人与自然的亲近，"天人合一"的和谐，构成一幅极美的婺源农村风光画卷。

在一条盈盈江水的迂回处，坐落着一个同样美丽的集镇江湾，是我们临别的最后一站。江湾最引人注目的地方就是萧江宗祠了。宗祠建筑雄伟恢宏，我之前从未见到过有如此规模且兴旺的祠堂，可导游却告诉我，像这样的宗祠在徽州比比皆是。我相当瞠目结舌。所谓百代祠堂古，千村世族和。徽州乡村千年长绕的青山绿水，代有人出的仕宦商贾，或许正是因为有了祠堂精神的佑护。祠堂饱含着中华传统人文、建筑的丰富内涵，是家族尊祖效法的圣殿，是远方游子魂牵梦绕的家园，更是今天的寻根旅游者们找寻历史、寄托乡愁的胜地。

徽者，美也！短暂的游历结束后，我的情绪被这种由衷的感叹所塞满。尽管我所看到的只是徽派乡村的零星数点，已被销了徽州名的江西婺源。

一天上网，偶然看到伦在QQ上的留言："婺源就是开满油菜花的建瓯乡下！"哇，好特别的评价！儿子夸张的联系让我感到既荒谬又似觉合理。自小在建瓯长大，喜好学习的他知道建瓯的历史文化底蕴深厚，在这一点上和徽州深厚的人文环境有所接近，年少的他感到只是建瓯没有成片的油菜花罢了。

为了多与伦沟通，于是我拉开键盘写QQ留言，告诉他我们与徽州相比并不是只缺少油菜花。

徽州人造就了举世闻名的庞大徽商群体。他们地少人多，生于忧患。用"前世不修，生在徽州；十二三岁，往外一丢"的自强不息精神成就了富可敌国的商业巨邦，也为家乡的文化发展打下了坚实的物质基础。

徽州人构筑了举世闻名的精美徽派建筑。他们用殷实的财富把文化用建筑定格了下来。不论过去，难能可贵的是现在他们还在坚持着自己的文化传统，城市乡村，一律粉墙黛瓦，翘角飞檐。文化成了他们随处可见的日用品，不再需要说教，就可以潜移默化地深入到他们的血液里。

徽州人养育了举世闻名的徽籍仕儒精英。留守在家的徽州女人，用她们刚柔相济的奶水和着底蕴深厚的文化滋润着一代一代的徽州人。唐宋两朝，硕儒巨贾，不计其数；明清两代，中进士者逾千人，现当代更是人才熠熠：有带我们彻底告别"之乎者也"时代的文化巨匠胡适，有"捧着一颗心来，不带半根草去"的教育家陶行知，当代党和国家领导人根系徽州的更是不乏其人，徽州人杰从没间断。

徽州人创造了举世闻名的中国最美乡村。他们顺应时代潮流，把握审美内核，把天人合一的理学经典运用到蓬勃发展的旅游业中，他们发动全民种植油菜花，漫山遍野，繁花处处，为业已斑驳的徽派古民居增添了无比的灵气，在赢得"天上人间"的中国最美乡村美誉的同时，更赢得了举世的注目，赢得了发展的良机。

"善于发现美,才会变得更美!"我在留言的末尾加了最后一句。

2011 年 4 月 5 日

回来了，在收割的季节

那年离家时，你十六岁。

少女的梦是灿烂的。尽管录取通知书上的师范学校很不让你满意，尽管你口口声声嗔怪那位你认为是他让你上师范的潘老师，你还是带着活泼的野气，还有那天真的梦想去了师范学校。

带着泥土味走到那所学校的你，感觉到了许多和都市生活不一致的难堪。浴室里，当你发现自己粗黑的皮肤及长指甲里留下的家乡稻田里的泥污时，脸红了。也许是那之后吧，你开始收敛天真活泼中的村野之气。

不记得那是第几封信了，你告诉我你已选修了音乐、舞蹈，并且每天早晨天一亮就起床跑步。这我相信，因为你天性如此。后来你寄来了一个邮件，打开一看是几块巧克力，你说这是你歌舞比赛获奖请的糖，糖甜得很。

暑假回来时，你把成绩单高高一扬，"怎么样，成绩不差吧。"一脸的调皮、得意。

晚上，月亮躲到云层里去的时候，你一改常态，忧愁地对我说："哥，我快毕业了，分配怎么办？"我没有回答你。只感觉你已长大，开始有了忧虑。

一天，家里收到了学校的电报，你由于不慎用水得了急病。你向学校请了一个多月的病假，回到了小溪流过门前的家乡。

那二十多天的病假，我强迫你接触了我的那群孩子。你教他们唱歌、跳舞、解应用题……他们则带你上山采野菜，下河捕小鱼。临别时，他们亲切地叫你老师，一个二年级的学生拉着你的手近乎哀求地说："老师，以后再来教我们跳舞好吗？"你的眼里闪着泪花。我知道你动心了。

最后一个学期到来时，妈妈去送你。

"珍儿，可别跟人谈恋爱，留在外边不回来。"她说。"我就要，这山沟沟有什么好？"你眉毛一扬可把老人家气坏了。这之后，你便寄来了许多照片，还有你的实习报告，我感觉到你那颗驿动的心，昨日的烦恼还有吗？

如今，你回来了。在这稻谷飘香的收割季节。还是昨日的你，只是少了几分野气，多了几分成熟。妈妈笑话你怎么又回来了,你说:"还不是为了不让你伤心。"可我知道,你一定会回来,因为在这片期待播种的田野里,在绿屏似的群山中,有你未来的梦。

1992 年 8 月 29 日刊于《闽北报》

既见君子，云胡不喜

——读《血脉——治史大家袁枢传》有感

一

前段时间，读张定浩先生一本叫《既见君子》的书。张先生在书中通过谈论历史上一批最优秀的诗人和最优秀的诗歌，来借喻当下的事，来帮助像我这样的读者如何去辨认最值得珍惜的生命痕迹，以去往更开阔的地方。最近，读南强先生的《血脉——治史大家袁枢传》。开篇有张建光先生为该书撰写的一篇名为《为君子立传》的文章，知道了自2012年以来，闽北人在为自己这块曾经被称作"道南理窟"土地上最优秀的人杰做立传的工作。张主席称那些被传人为君子。君子！多么好的称呼啊！待读完《袁枢传》后，我有了"君子！多么准确的称呼！"的感动。

无论是《既见君子》还是《袁枢传》，都在讲述君子的故事，都在呼唤，都在引领，在让我们清晰起自己独特的文化标识，以回归自己灵魂的故乡，唤起更加豪迈的文化自信。所以，读完南强先生的《袁枢传》，脑中自然就闪出"既见君子，云胡不喜"这句古诗。显然，我欢喜见到了君子袁枢，也欢喜家乡有了重视为君子立传的一批新的君子。

二

祝贺《袁枢传》的问世。因为，它为闽北、为福建、为中国、为世界再现了一位人类历史上伟大的历史学家，一位中国古代著名学者，一位闽北籍君子。

袁枢，南宋建宁府建安县（今建瓯）人，生于绍兴元年（1131），卒于开禧元年（1205）。《八闽通志》把他放到人物传中的名臣之列，而真正让他留名青史的无疑是他的史学成就。了解史书体例的人都知道中国有纪传体史书，如司马迁的《史记》；有编年体史书，如司马光的《资治通鉴》。而闽北建安人袁枢则开创了中国另一例史书体式纪事本末体，代表作就是他的《通鉴纪事本末》。

袁枢的《通鉴纪事本末》既不同于编年体的《资治通

鉴》以纪年为主，也不同于纪传体的《史记》以传人为主，而是以纪事为主，把历史上的大事，详其首尾，集中表述其过程。可以说，无论是编年体还是纪传体，在记事方面都存在着明显不足。如我们阅读《资治通鉴》，常常会感到顾此失彼，首尾难兼。而阅读《通鉴纪事本末》，便能轻松地记住历史事件，真正达到学史鉴今的功效。读南强先生的《袁枢传》后，对袁枢的《通鉴纪事本末》有了更深刻的认识。杨万里曾高度评价该书"有国者不可无此书，学者不可无此书"。吕祖谦则把它与《资治通鉴》作了对比，认为《通鉴》内容过于浩瀚，许多人读了之后不得要领，成为通病。而《本末》提纲挈领，分门别类，使难读变易懂，使司马光《通鉴》之深微大义一看就明了。朱熹也赞叹该书为"于古无初，而区别之外，无发明者"。而当年的孝宗皇帝更是将《通鉴纪事本末》的现实意义发挥到极致的读者。他看过袁枢送来的书后，大加赞赏，马上批注先让东宫太子及文武百官阅读。原因很简单，因为《通鉴纪事本末》可读性强，便于领会历史上兴衰成败的微言大义，对南宋的现实有很大的借鉴意义。

袁枢的《通鉴纪事本末》问世后，由于其体例相当适用于阅读，对后世的史学创作还产生了重要影响。如明代陈邦瞻写的《宋史纪事本末》和《元史纪事本末》，清代谷应泰写的《明史纪事本末》及近代黄鸿寿写的《清史纪事本末》等，贯通古今，自成系统。

正是《通鉴纪事本末》的成功，使得近现代史学界对袁枢的评价越来越高。袁枢被业界列入了中国古代十大历史学家之一，其纪事本末体与司马迁的纪传体、司马光的编年体被列入中国影响最为广泛的三种史学编撰体例。

《袁枢传》以丰满、翔实的叙述加评议，以时间为线，展现了袁枢一生的主要经历。从一个有志少年，到敢碰权贵的小朝臣，到以史谏君写成惊世之作的心怀家国的州学教授，到此后各个职任时期的秉公无私及隐退家乡梅岩的易学修养，无不彰显了传统士人身上"达则济天下，退则善其身"的君子情怀。书中旁征博引了许多与袁枢相关联的人和事，还特别叙述了众多流传至今的建瓯民俗风情，不仅很好地反映了主人公的思想倾向和精神境界，还充满了浓浓的乡土气息，读来倍感亲切，仿佛昨日乡愁。

因为有了《袁枢传》，建瓯历史上的先贤袁枢相信会为更多的人所熟悉，而他的精神与情怀必然会重回这片养育过他的故土，文化故土上的魂灵。如此，见到见贤思齐的人群中有那么多我熟悉的人，怎能不让人欢喜呢？

三

钦佩南强先生，他以花甲之季的气力为我们推出了一部16万字《袁枢传》，再现了一个丰满真实的袁枢。要知道，袁枢与我们已相隔了800多年，这位著名的南宋历史学家尽管伟大，怎奈岁月沧桑，如今不仅知者寥寥，后人留下的关于他的记录也寥寥，通常能见的《宋史》《闽书》《福建通志》《建宁府志》《建安县志》上载其传纪的文字屈指可数。

这原本是件十分遗憾的事情。开创了中国纪事本末体例的史学先贤，一部传世之作的编撰者，其生活状况与经历，知之者甚少。即便是在袁枢的家乡闽北、建瓯，一般人也并不知道有这么一个人，甚至在文史界，也很少有人知道袁枢除了史学方面建树外的其他事迹。

遗憾的事情因为有了一批为君子立传的人而不再遗憾。

可是，要将这样的一个已经被史海淹没了音讯的人物重现出来，得要有多少精力、毅力和执行力？因为南强先生不是在戏说，所以他必须投入足够多的气力。这点我特别可以感同身受，因为我不仅熟悉南强君，也熟悉纪实历史的艰辛。就在几年前，我的历史纪实《建安纪事》便是完稿于这样的艰辛中。

先说精力。三年中南强先生翻遍了几乎所有能与袁枢扯上关系的资料，这点在他的"本书主要资料来源"中可以看到。一位已退休的老人能以这样求真纪实精神来对待原创，精神可嘉的后面，是其消耗的巨大精力在支撑。

再说毅力。正是执着于对历史气脉、圣贤文明的敬仰和推崇，面对为君子立传这样一件高尚的任务，南强先生精神抖擞，创作的意志力特别坚定，以至于完全忽略了往来调研、伏案疾书的辛劳。

最后是执行力。正如大家看到的，《血脉——治史大家袁枢传》以传评的手法，主题鲜明，脉络清晰。传，传得活泼平实；评，评得通俗深刻。读完这本书后，一个鲜活的可敬可亲的袁枢便已在你身边，他已从淹没的时光隧道中回到了闽北，回到了故乡建瓯。

《袁枢传》的问世，还因幸会了一股更为强大的执行力。多年来一直坚持打造"文化政协"的南平市政协,是这次"血脉"丛书系列、为君子立传的推动者和保障者。他们在提升闽北文化软实力,挖掘这块曾经铸就过文化辉煌热土上的辉煌文化,促进文化传承和树立文化自信方面,一直矢志不移。

　　正是因为有了这些力量,闽北的历史君子和现代君子正在汩汩而出。这,岂不令人欢喜?

建宁府，闽北的乡愁

去过建宁府，说得三年古。

——闽北民谣

一

建宁府，一个熟悉又陌生的名字。它上续建州下启建瓯，是全体闽北人共同的记忆，共同的乡愁。

想起孩童时代，常常听见母亲说起"艮冷府"（建宁府），那是建宁府所有属县老百姓心中的向往之地。那时的他们都把如今的建瓯称作建宁府。如今，建宁府虽已在地名上不见了，但仍然留驻在上一辈闽北人的记忆中。要延续这份永久的记忆，需要今天的我们走进建瓯，在"说得三年古"中触摸故土悠远的乡愁。

建瓯之名，民国二年（1913）自建安与瓯宁两县合并后各取其首字而成。其名不老，仅逾百年；然其地悠远冠于闽中，由来已久。这是福建一座古老的历史文化名城，地处闽北，山环水绕，是美丽的竹乡，飘香的酒城，富足的粮仓，更是传扬闽中理学的名邦。

就地缘与文化层面而言，建瓯应该是中国东南沿海省份福建的最早衍发区。它开地于秦，赐名于汉，设治于孙吴，是开发闽地和引领闽地发展最早的区域。

在那个人烟稀缺的远古时代，一些被今人称之为"武夷蛮（即闽）"的原始先民举着蛇、鸟图腾，用石镰、石斧做工具，在这里开始了繁衍生息。到周代，有个叫叔熊的楚人带着子孙由北向南来到蛮（闽）地，他的子孙后来分布在以闽北、闽东南为主要区域的七个地方，闽地之后有了"七蛮（闽）"的称谓，闽之名亦因由此始。"七闽"之称的远古福建，在并不被世人关注的中国南蛮角落，伴随着西、东周漫长的岁月，慢慢走到了秦代。有一天，一群逃命的越族人的到来，彻底打破了这里的沉寂。

这群越族人是失去国土的越国王室的后人。秦王嬴政统一全中国时，入闽越族人后裔中有一个叫无诸的头领亦统一了闽中地区。秦始皇下诏称斯地为闽中郡，命无诸为郡之君长，古老的建瓯那时开始成为闽中郡连接大秦王朝南来北往的首冲要衢。

仙霞道、分水关两条南下入闽古道在建瓯之地汇合。北控浙赣，南扼延榕，天生的区域位置使它成了历史上兵家必争要塞。境内松溪、崇阳溪、南浦溪、建溪是福建母亲河闽江的重要支流。盆地星布，水沃山丰，优越的地理位置使它成了农耕时代人类繁衍生存的福地。

这样的地方注定会在冷兵器时代脱颖而出。

秦末，因不满酷政，无诸率领闽中勇士助汉灭秦。公元前202年，汉高祖刘邦为了褒奖无诸，封无诸为闽越国王，闽中郡升格为闽越国。地处闽北的古建瓯成了闽越国王无诸的行祠之地，闽越人此后在以冶城为轴心的闽北、闽东南等王国区域开疆拓土，休养生息。

对领土扩张的欲望从来就是人类的天性。汉武帝元鼎七年（前110），朝廷或因鲸吞闽越国之欲或因不满闽越人的肆虐扩张，武帝下令汉军一举消灭了闽越国，并对闽地实施徙民虚地之策。闽越人被驱赶至江淮一带开荒垦地，风生水起的闽地遭受了历史上第一次灭国之殇。

被丢弃在南中国东南角的闽越故地，此后荒凉而孤寂。

战争的创伤阻挡不了人类对生存空间的追逐。东汉末年，群雄崛起。小霸王孙策为了开发江东后院，派大将贺齐、韩晏进兵闽地。献帝建安元年（196）冬，贺韩大军打败了东冶守将王朗并平定了闽北山越部落。为了实现对闽地的有序统治,孙策上表汉廷,提议在闽地设立县治。"汉建安初,始分侯官之北乡,置建安、南平、汉兴,属会稽南部。"建安初年,朝廷在闽北地区一下设立了三个县,分别为建安(今建瓯)、南平(今延平)、汉兴(今浦城),与原侯官县共同组成了闽地四县。

孙策是三国时期肇基孙吴政权的首要人物。东汉大军阀袁术曾经感叹:"使有子如孙郎(指孙策),夫复何恨!"孙策从袁术那里借兵一千起家,到最后奠定了江东偌大基业,可谓英气杰济,猛锐冠世。正是这样一个优秀实干家,在考虑治理闽地的时候毫不犹豫地把闽北纳入了他闽中领地的治理中心。因为,闽北上控浙赣,下扼三山,水沛物丰,人畜兴盛,是孙吴江东基业最理想的后方。

闽中四县在孙策的战略地位中显有区别。建安县以其管辖范围之广,兼其地处闽北中部,进可牵制南平、侯官,退可迂回至闽北纵深,在小霸王孙策的眼中显然不同于当时闽地的侯官、南平、汉兴三县。他期待满怀,面对建安这枚举足轻重的棋子,孙策自然不会安之若素。

建安八年（203），已接管江东政权的孙权采纳大将贺齐的建议，迁南部都尉于建安县。建安有了都尉府，并五千驻兵，负责管理与开发闽中事务。

这是汉武帝徙民虚地政策300多年后空虚的闽地第一次迎来驻居的北方族人。他们在古建瓯安居了下来，与当地土著交融一起，共同在山清水秀的芝山建水中开始绘制古代福建的蓝图。

继秦末汉初闽越人之后，第二次开发闽地的伟大行动就这样开始了。它由孙吴甲兵与建安土著共同合作发起，以闽北建安县为中心辐射全闽。古建瓯以其地域与自然的优势被孙吴政权赋予了历史重任，此后开始了它统领闽地的征程。

在今天的建瓯市通济街道辖区水南覆船山下，有一片开阔的农田。这里背山面水，高低毗邻的丘陵山群铁狮山、云际山、紫芝山、梅仙山、覆船山、梨山连绵起伏，与松溪和建溪一道自然构建了这块风水宝地的天然屏障，风光旖旎，易守难攻。1700多年前，这里建起了一座城。

吴永安三年（260），时任吴国建安郡太守王蕃在今建瓯市城南的覆船山下夯筑了一座旨在利市卫民的城池。

这是闽地历史上第一座郡城。是推行州、郡、县三级建置时代的东汉末年孙吴政权在闽地设立的第一座郡城。它叫建安郡城，隶属吴国扬州牧管辖，郡治设在建安县，统领闽地建安（今建瓯），建平（今建阳），吴兴（原名汉兴，今浦城），东平（今松溪），将乐、昭武（今邵武），南平（今延平），侯官（今福州及闽东南等地），东安（今同安、南安等闽南地区），绥安（今云霄、诏安）共十个县的军政事务。

由南部都尉到建安郡，郡治建安县经历了东吴对闽地从武功到文治的转变。除了都尉府驻留的大批将士外，一大批吴国文官被派往郡城，他们中有许多饱学之士，如太守王蕃就是个著名的天文学家和数学家。他们拖儿带女举家迁往建安，不仅带来了吴越地区先进的管理经验，还带来了吴越先进的生产技术。

吴国大规模屯田政策的施行，极大推动了郡治建安荒地的开垦，农业生产技术有了很大提高，建水之畔的山越们开始聚群而居，乡野中出现了村落邑里。

郡城里的达官贵人开始换下麻布衣衫，穿上吴国精美的绫绮之服。凭借着水路交通的便利，吴国不仅把先进的造船技术带到了建安，还把当年往来于吴国各地商贩千艘的繁华带进了郡城门外的护城河边。

郡城南望铁乡，紫盖以次群峰。旁联黄华、白鹤之秀，为东南胜地。碧水丹山，骄阳垂柳，船泊两溪之岸，人流闾巷之间，市井自由而繁忙，军营严明而整肃。建安郡城开始呈现美丽繁华、秩序井然的江南景象。

建安，从此担负起领跑闽地发展的历史重任。

二

中国历史上有无数北人南移入闽的人类迁徙活动，在海运无法普惠的古代，陆路则成了那些南渡先辈们来闽的首选。从晋怀帝"永嘉南渡"开始，到唐末王潮携军民入闽，无数北族不论衣冠人物或是布衣平民，多从闽北的浙赣边境翻山越岭进入闽地。当他们从寒冷枯黄的北国一路风尘跋涉到闽北时，青山绿水、城邑相连的建安深深吸引着他们。这里绿的精魂，水的灵动，人的淳厚和物的丰足，让他们停下了继续南移的步伐。他们中的大多数人首先选择在古建瓯定居了下来，建安郡城以及治地建安县的田间闾里，洋溢着北人的呼叫，荒蛮无知的闽地开始有了中原文明的滋养。

"晋永嘉末,中原丧乱,士大夫多携家避难入闽。建为闽上游,大率流寓者居多。时危京刺建州,亦率其乡族来避兵,遂以占籍。建人知尚文学,有京洛遗风,实自京始。"晋永嘉末年到任建安郡太守的固始人危京是西晋颇具影响的文学家,当他率领乡族来建安定居时,也把他的一身文气带进了建安。

曾经被西汉淮南王刘安说成没有人烟只有野兽的闽地,因为有了北族的迁入,开始在闽北建安之地播撒文化的种子。

有了文明的教化,三溪之交、沃野星布的建安城很快引来了帝王的青睐。

刘宋元嘉二十九年(452),宋廷"立皇子休仁为建安王";

萧齐建元四年(482),立"皇子子真为建安王",建武元年(494),立"皇子宝寅为建安王";

萧梁天监元年(502),封"皇弟雍州刺史伟为建安王",大宝元年(550),立"皇子大球为建安郡王";

陈太建四年(572),立"皇子叔卿为建安王"。

南朝四朝,都有帝王宗室封王在建安郡城。闽地缓慢的历史发展巨轮至南北朝时期久久停滞在闽北，推动着古建瓯在蹉跎的岁月中脱颖而出，成了古代福建具有王者气质的独尊之地。

唐初武德四年（621），建安县是闽地首州建州的治地。武德五年（622），闽地再设丰州（治南安县，今泉州地），武德六年（623），又设泉州（治闽县，今福州地），武德八年（625），唐廷在泉州闽县设泉州都督府，统领闽地泉州、建州、丰州共三州。建安城以其无可替代的现实地位跻身闽地三大重镇之列。

唐开元二十一年（733），朝廷下诏在福州设立经略使。玄宗皇帝给这个新立的省级机构取名"福建"经略使，取自"福州""建州"二州之首字，"福建"之名因而产生并沿用至今。建州，以其悠远厚重的历史和现实地位撑起了福建的半壁河山。从此，来自建安的乡情乡音弥散在闽地，再也挥之不去。

数百年的地缘政治优势，如春风化雨，培育着这块土地的文明之种，到唐中后叶，建安城开始呈现中原城市的景象。

"明法令，布恩信，均赋役，劝农桑，修城郭，设学校，举孝廉，礼耆艾。"这是唐建中元年（780）建州刺史陆长源在任建安时的作为。当时，州城建安修起了考究的子城，民间开始有了学校，农村里的场、镇建置逐渐增多。官民守法，百姓勤业，建安之地有了这样的颂官谣："令我州郡泰，令我户口裕，令我活计大，陆员外；令我家不分，令我马成群，令我稻满囷，陆使君。"

咸通二年（861），建安人叶京荣登进士榜。叶京是闽北建州地区第一个考取进士的人，这块播下文明的土地，终于在唐代后期率先在建安开出文教之花。

五代后晋天福八年（943），叛闽自立的建州刺史王延政在建州称帝，国号殷，建都建安城，与闽国并立。福建古城建安自此有了都城的建制。五凤楼、太和殿，二十里长城的建安大邦，保界闽粤，绵地八百里，生齿十万室，殷帝王延政把古建瓯推到了人间极限。

建安，无可置疑地又一次被政治抬到了福建历史的最前台。为了满足一个国家的运转，政治、经济、军事、文化、教育等等无所不用其极。建安，百官班列，商贾云集，儒释道融合，农学商汇聚，还有那些铮铮铁甲……古建瓯的乡土里积淀下了太多外来、多元、高端的元素，它们涌动着、发酵着。

三

从汉末建安初年开始到五代末年,八百年的厚积,建安在宋代终于喷发出前所未有的力量。那时的建安被奇迹所包围,一个又一个令人目眩头晕的巨大成就在古建瓯涌现,闽北建安成了名扬四海的明星。

这里是福建著名的坑冶基地和中国著名的造币中心。建州自古就是福建富含矿冶最多的区域,为了管理好遍布在建安及各地的银铜矿冶,以及开采和冶炼工作,宋廷在建安县设立了"龙焙监"。这是一个相当于州级建制的直属于朝廷的专门从事矿冶管理的机构。宋代生产银铜的专业机构,以监为单位的当时在全国只有三个,龙焙监便是其一。这座处在建安深山里的皇家矿城,其采冶技术和生产规模都代表了当时中国的一流水平。为了将龙焙监冶炼出来的银铜打造成流通的货币,朝廷又下诏在建安城设立专业铸币厂"丰国监"。北宋真宗时期,全国铸币的钱监共有四个,丰国监是其中之一。

建州丰富的矿产资源及高超的采冶能力为丰国监提供了造钱的保障。银铜材料的份额足,钱币便造得足额、美观且量大。丰国监所产的建州钱(俗称)在流通之后很快在国内甚至国际市场上赢得好名声，钱监所在的建安县也成了全国瞩目的焦点，并因此推动了建州商贸和社会发展。

这里是闻名遐迩的中国贡茶之乡。建瓯历史上所产的茶叶，有称为：建州茶、建安茶、北苑茶、建溪茶、建茶等多种名号，习惯上，人们把历史上的闽北茶都统称为建茶。建茶始现于战国末年，到唐及五代开始成为皇家贡品。北宋开始，建安北苑生产的建茶因为有了皇家"御焙"的推动，逐渐变成了名扬天下的珍宝，持续在宋、元、明三代品冠海内。那时的达官贵人及文士骚客以饮建茶为荣耀，朝野上下兴起了时尚的品建茶之风。建安，因其为建茶原产地之故，又成了那个时代被追捧的热地。

这里是中国东南隅繁华的商贸之都。南宋王象之所著的《舆地纪胜》对宋代的建宁府曾有过这样记载："东闽剧地。东南胜地。建安大邦"；"唯富沙之大府，为闽会之要冲，环七邑以星联，乃南渡兴王之故地"；"真主潜龙之邸，大臣歇马之邦"。建宁府治地即今日建瓯，从王象之的记载中人们不难想象府城当年的盛大繁华。

建瓯城自南北朝时从水南覆船山下移至黄华山下

后，经唐代州城的改造，五代殷国都城的扩建，至宋代已是福建仅次于福州、泉州两城的第三大城。

闽邦胜壤，建水上游的恢宏芝城，环绕九门，门临三溪。那矗立在崇阳溪上、平政门外宏丽雄奇为天下之最的闽北厝桥平政桥，比肩接踵、熙熙攘攘走着的总有太多太多南来北往的富贾豪商；那坐落在出闽古道、城西驿路上"列屋三十楹"，日日客满的官办旅馆富沙驿，见证了太多太多一路雨宿风餐、蜂拥而至的天下商贩游人。因为地域广大，宋英宗治平三年（1066），朝廷下旨析出建安县及建阳、浦城的部分地设立瓯宁县，县治建安城，古建瓯成了国内屈指可数的一城三衙门（一州衙二县衙）的城市；因为是南宋孝宗帝赵昚的潜藩之故，绍兴三十二年（1162）建州被破格升州为府，古建瓯又成了福建路第一个府治之城。宋元之季，是中国沿海地区商品经济萌芽蓬发之期，凭借着一府两县的大城优势，由宋及清，建瓯的粮、渔、茶、竹、果、蔬等农业，纺织、造纸、印刷等手工业一直发展强劲，冠于闽中。元代，著名意大利旅行家马可·波罗慕名来到府城，对富庶而美丽的建城惊叹不已，流连数日而不忍离去。明代，这里成了福建都指挥使司的治地，这是直接听命于兵部的全国十三个都指挥使司之一的国防重要基地，府城因此得以大规模扩建，城门由九门增至十一门，城内街巷林立、桥水纵横。清代，在重建城市中实现了更大的超越，城中山水交错，坊巷成群，25条街，54条巷，三山六水七桥，建瓯城的规模，在经历了海洋经济的冲击与朝代更迭的洗礼后，不仅街市熙熙、坊巷攘攘，更有小桥流水，绿树山花。

四

"建备五方之俗"说的是建瓯这块土地上的人居来源广泛，风俗各异。在历史长河中建瓯尽管也遭战火兵燹，但相对于离乱常常的北地，这里可算是一处世外桃源。各地移居而来的五方之客在远离硝烟战火的芝山建水中扎下根基，渐渐融合形成了这里独特的移民文化。在鳞次栉比的坊巷之中，柳暗花明的田园之上，总会见到这样的一群人：他们俊朗柔美，男人们算不上高大魁梧，但个头适中，体态健硕，女人们则身材秀巧，肤白眼亮；他们机灵干练，头脑灵活，精于生计，既长于世故，爱讲体面，也乐业勤身，不辞辛劳；他们优雅包容，既懂礼数，更重务实，当情感与现实冲突交错，他们多会选择现实与理性，少有感情用事，他们乐土安逸，喜欢舒适自在，他们包容四海，性格中和；连食谱菜系都是五味俱全，甜、酸、咸、苦、辣中庸和谐，席席皆有，闽北各县，也只有在建瓯，才能吃到如此包容五味的大全式美食。如果说要给建瓯人画脸谱，这些便是大部分建瓯人的模样。一方水土养一方人，水丰土沃的自然环境与安靖长久的社会环境，给了这个历代移民的聚居地以阳光，以朝气，以富足，以周礼。衣食足而知礼仪，家富足而户诗书，自宋以来，"家有诗书，户藏法律"一直是建瓯人的家庭写照，尊师重教，敏而好学的耕读之风，熔铸成这块千年灵土的优雅魅力，也缔造了这块福地辉煌的鼎盛文风，让建瓯的先辈们在海滨邹鲁的福建显尽风流。

建瓯，是中国历史上登榜进士上千名的18个进士县之一。从唐代叶京开始，五代游简言、江文蔚续之，至宋代，在"独先于天下"的闽北理学先贤们的推动下，借助着官办一州学、二县学以及遍布闽北的无数民间书院的普及式教育，勤勉的建瓯人，登榜进士的能力无人能敌。两宋时期，建瓯籍进士共有1040名，其中端拱元年（988年）的叶齐，大中祥符五年（1012年）的徐奭还摘取了状元之冠。宋朝320年，共开科118次，录取进士达42385人（北宋19066人，南宋23319人），这4万多人中便包括了建瓯籍的1040人，占了进士总人数的2.4%，也就是说，宋代中国每50名进士里便有1个是建瓯人。而宋代福建每7名进士里就有1名是建瓯人，宋代闽北（包括建宁府、南剑州、邵武军各属县）每2名进士中必有1名是建瓯人。建瓯的学子不仅榜榜有登第之人，且录取进士的人数除了几次不及10人外，其他榜次少则十几人多则三十几人，从有宋开始，每逢殿试，建瓯考中进士的人数往往都比闽北其他数县中进士人数的总和还要多得多。

元代，蒙古人中途取消了科举，建瓯籍进士仍有6名。

明清两代，中国科举开始实行名额分配制，聪慧的建瓯先人们尽管受限于闽北人少名额有限的制约，但仍有109位进士榜上题名。

科举时代，凡中进士者，入仕为官，极人生之荣耀，长士子之身价，终身必为闻人。但因进士科录取者少，故竞争十分激烈，世人喻登进士科为"登龙门"，实属不易。建瓯上千名的进士功名，足见其地举子多、秀才多、童生多，总之，后备人才多；中举登第者多，显然为官为宦多，文人隐士多，总之，人中翘楚多。

有权倾朝野的宰执之臣：游简言，五代南唐国相；郑珏，南宋高宗朝相；袁说友，南宋宁宗朝副相；杨荣，明成祖至英宗四朝内阁辅臣，位及明代人臣之极的太师、左柱国之位，与杨士奇、杨溥等人被《明史》称为"明称贤相，必首三杨"。

有贤能兼具的肱骨名宦：陈海，殷国、南唐国名将；曹修古，北宋右谏议大夫，著名谏臣；郑赐，明成祖朝工部、刑部、礼部尚书；李默，明嘉靖朝吏部尚书、太子少保；郑重，清康熙朝吏部主政、刑部左侍郎。

有踔绝之能的文人墨士：顾野王，梁朝大儒；李虚己，北宋朝工部侍郎，诗人，著名政治家、词人晏殊的岳父；袁枢，中国著名历史学家，纪事本末体的创始人，《通鉴纪事本末》的作者；吴激，诗人，书法家米芾之婿；丘富国，宋末元初著名易学家；苏伯厚、杜琼、江铁、田忠、连智，明代《永乐大典》参编人；郑善述、郑方坤、郑方城，父子三人名载清史文坛，时人将"三郑"堪比宋代"三苏"，郑方坤的著作《词林玉屑》《全闽诗话》至今仍熠熠生辉。

以上仅是建瓯历代才士中的部分代表，俱五方之俗的建瓯人，在自由、勤勉、优化、融合中成长的人杰又何止成千上万。

一个人才如此鼎盛之地，必然会引来非等闲之辈的留寓者。唐代建州首任刺史叶颛，繁衍开创了闽北叶氏的浩浩一族。五代随子迁居建城的章仔钧夫人练寯，因劝谏屠城免去全城的罹难之灾，其在建瓯留下的大德造就了世界章氏。而那些寓居的贤达更是数之不尽：三国名将吕蒙、梁朝文学家道溉、五代名臣潘承佑、殷帝王延政、南唐重臣查文徽、北宋名将韩世忠、参知政事刘珙、理学宗师朱熹、诗人陆游、南宋宰相梁克家、徐清叟、真德秀，明朝开国名将沐英、胡美、何文辉，抗倭名将戚继光、南明隆武帝朱聿键、名将郑成功、名士恽日初，共和国大将萧劲光等等，或在此任职，或在此游寓。谁能说清，是这五方之俗成就了他们，还是他们促成了这五方之俗。

中国东南地区文化的蓬勃兴起，开始于五代，到宋代则达到了高潮。特别是南宋之后，福建、江西、两浙共同构成了国内文化最发达的区域。当时，一些执着于一种清灵之气和狷介之志的文人们不愿为官，他们喜欢寻找山清水秀之所来寄托他们的追求，文人们生活情趣的平民化和田园乡村化推动着闽北建州成为中国学术的中心。绍兴十年（1140），朱松弃官来到州城建安，在建州城南紫芝上坊筑室"环溪精舍"，他带来了10岁的儿子朱熹，这位聪慧的学童，滋养在这片智慧的灵土里，度过了他最具学习力的少年。谁能否认，后来成了中国汉民族文化主导哲学的朱子理学，不是在建瓯孕育的呢？

南宋宰相吕颐浩曾被古建瓯庞大而优秀的人才群体深深折服，留下了这样的诗句："建安之山高倚天，建溪之水直如弦。建安人材更豪气，名与山水争流传。"文明就像奇卉名花，必须有人培植呵护，才会枝叶扶疏乃至千红万紫，如果没有那些来自五方的中原衣冠、山越豪族、骁勇铁甲、精干布衣一次又一次、一茬又一茬的融合优化，建安又怎会有如此璀璨的光环。

五

这是一方最滋润的乐土——山峦间星布着盆地，沃野里纵横着溪流，阳光充足、雨量充沛，稻果飘香、禽畜兴旺；这是一片最绿色的福地——天空蔚蓝，空气质量优于国家二级标准，森林覆盖率达80%，绿化程度高达94%，有林地面积、森林蓄积量均居全省第一。不知是深受理学孝义的影响，还是眷恋着这块乐土福地的暖心，"不远行"是建瓯人从古到今一直挂念的心结。不论是祖辈在兹、游寓在兹、任职在兹，只要在建瓯待上了，你就不会再想要离开她。就是那些建瓯籍在外的官宦商贾，甭管外面的世界有多精彩，当他们年老之时，都喜欢叶落归根迁回建瓯来安居养老。

作为福建重要的地缘与文化的衍发区，一千多年郡州都府的人文厚重，既给予了建瓯自信优雅、包容海纳的性格，也带给了它保守封闭、中庸圆和的特性。这是一块被中原黄土文明占据了就牢牢扎根的土地，当明清以来福建东南沿海刮起海洋文明之风的时候，这里的崇山峻岭和温饱舒适的生活，严严实实地把开放也咸涩的海风挡在了建溪之外。建瓯人恋家乐土，其乐融融，只要在田野中、山林里动动锄，就不愁仓储无粮、年关无货，这样的日子上哪儿找呢？这里是远近闻名的美食胜地，板鸭、光饼、吉阳四宝、小松扁肉、东游芋饺、挖底、纳底、鸡茸、豆浆粉，还有那些无数的美味小吃；这里是誉满东南的福建酒城，福矛窖酒、双龙戏珠、黄华山、八闽春，还有那红曲酿造温暖千家的农家米酒；这里是风光无限的文旅佳境，北津湖、归宗岩、万木林、蟹龙岗，公园处处，庙观多多。这块养人的土地所能给人们带来的幸福感让人抛却了远行的念想，在农耕时代的千年时光里养成了多数建瓯人恋土守旧的民风。

当信息经济时代的浪潮汹涌而至，开放与变革在呼唤着建瓯人，突破传统、破茧重生成了这座千年古城的无限期盼。

今天，励精图治的建瓯人正在拼力实践着供给侧改革及经济结构的优化调整，结合自身资源、传统产业和区位优势，努力突破农业与工业的传统瓶颈，跻身全面发展的快车道，复兴着古老而崭新的梦。

为深入贯彻习近平总书记对福建工作的重要指示精神，落实福建省委、省政府的决策部署，建瓯市重拳推出了绿色发展、跨越发展的行动计划。这是一个以生态宜居、富民强市为目标的绿色发展蓝图，在历届党委政府"接棒创业"一以贯之的努力下，在贯彻落实"四个全面"战略布局的指引下，已转化为建设"四富四美"新建瓯，打造"千年建州，理学名城"的宏伟目标。弯道超车的历史使命在招引和激励着新时代的建瓯人，需为全力振兴这座福建古老又年轻的历史名城而努力拼搏。

　　新的时代赋予了时代新的内涵，建瓯新一轮创业必将掀起风起云涌的时代壮观。当千年文明的厚积与时代赐予的福佑交汇，当无数拥有着浓浓建宁府乡愁的人们献出智慧与勤劳，当开放、创新与勤勉、海纳交织成古城的新LOGO，坚信一个更加自信、包容、美丽、和谐的"建宁府"必将盎然勃发，矗立在海峡西岸绿色腹地的"理学名城"之中。

首发于2015年，修改于2021年

一路上有你

——《建瓯文艺》创刊卷首语

文艺是什么？简言之，文艺指的是文学和艺术，是人类对现实生活的提炼、升华和表达。就其本质而言，文艺是精神产品，是陶冶人类人格及其生态的载体，是人心灵的养分。人类社会通过对文艺的发展和传承，为人类的教育与进步不间断地提供参照，提供指引，它提升了社会文明的高度，最终使人的幸福成为可能。

自从有了人类文明，就开始有了文艺；而自从有了文艺，人类文明开始变得更加璀璨。

文化是一个民族的血脉，是人类的精神家园。在经历了一段短暂的沉寂之后，改革开放后特别是中共十七届六中全会以来，中华大地群起推动文化大发展大繁荣成了时代的强音，文化重要范畴之一的文艺迎来她重显魅力的春天。

作为福建地缘与文化首衍之区建瓯，向领世俗文风之先，其秦汉风骨、唐宋风流、明清风气，以斯地开秦之始，2000多年来就一直陪伴左右，铸就了无数文艺精品和文艺人物，其影响留下的风物、民俗、性情、功绩在在有之。建瓯千年孔庙上镂刻的四字"斯文在兹"可谓是对建瓯过往历史一路文艺的写实之评。在文化复兴成为民族复兴先锋的今天，在古城建瓯构建文化强市的当下，我们携手创办《建瓯文艺》。

因为时代在召唤我们，一路文艺的古城建瓯，在复兴伟大梦想的时代，没有理由不奋蹄扬鞭、激流搏浪。

创刊号，我们献上连正忠先生饱含着秦汉风骨、建瓯风情，读来令人回肠荡气的《建瓯赋》；《建瓯，你的乡愁》带着温暖的乡情，与你一同重读建瓯的历史，字里行间所流露的不仅有孺子恋母般的无限情深，还有祝福未来变革成长的满满爱意；"读城"一栏，文图兼具，启开了关注、了解建瓯的一扇窗，清新明亮、爽朗动人。专辟的"散文"一栏，呈现给大家的数篇文字既有着平实、清澈如流水般畅顺自然的语言，又有着直面烟火气息中的智慧和思想，展现了作者洞悟社会、体验人生的自信和能力。而让人们心灵不死的诗歌，总能在摒弃世俗的美学高度中给读者以瑰丽的意象和深远的象征，本期推出的十余首诗作正如感召你内心情愫的诱波，让你平静、让你暖心、让你在飙泪之后唯余阳光和灿烂。此外，创刊号亦推出了书法、美术、摄影等诸门类艺术佳作，还力献了张家先生的《古代闽北酒文化发展略考》以及南强先生的《艺术再现历史真实的精品》两篇精品论述，前者以闽北酒文化发展考略之成果映衬了闽北重镇建瓯所以为酒城的历史厚重，后者以对刚刚热播的电视剧《历史转折中的邓小平》的观后评析，表现了建瓯籍作家胸怀家国，情系社稷的宽广和深邃。

不久前在北京召开的全国文艺工作座谈会上，亲自主持会议的习近平总书记强调说："文艺是时代前进的号角，最能代表一个时代的风貌，最能引领一个时代的风气。实现中华民族伟大复兴的中国梦，文艺的作用不可替代。"响彻神州大地领时代先风的号角已经吹响，我们要的唯有践行。

借用鲁迅先生在《故乡》中的一句话来说说我们对本刊的期待吧："世上本无路，走的人多了也便成了路。"文艺的路上有激情与愉悦，也有孤寂和艰辛，如果本刊能够让大家感受到文艺所能带给人们的美好、感动、指引和幸福，又如果这份美好和感动能成为每个人内心希冀的养汤,诸君须知,即便那不言的桃李,尚能下自成蹊,而有了如此众多的你们,花自满蹊的《建瓯文艺》还会远吗?

2014 年 12 月

开学了，你忙些什么

一年一度的新学年开始了。学校、学生、家长又开始忙碌起来。为了让学子们在新学年里实现自己的目标，忙一点那是应该的。

教育是个几乎覆盖全民的行业。所以，对它大家都不陌生，都知道每年为了开学就学的那点事一定要叫人牵挂操心，要纠结好一阵子。你看看，到处都忙得很：学校忙招生，忙教学安排；学生忙写未完的作业，忙做未完的网游；家长忙备学资，忙请客送礼，忙找门路抢得一个对孩子更有利的教育机会。林林总总，忙得不可开交，心力交瘁，悲喜交加。按说，忙点总比不忙好，有付出才有收获这是自然法则。可偏偏教育是个百年大业，它的投入效益一时半会儿那是看不出来的，贴本也是常有的事。因此，忙是忙了，但却往往忙得心虚，忙得心冷，忙得莫名其妙。

先说心虚吧。学校，不论大学、中学、小学，甚至幼儿园，尤以那些生多校少又及名校之誉的，开学之初必让滚滚的生源挤得直冒虚汗。名额有限，条子很多，总怕在不经意间就得罪了谁。家长，不论贫的、富的、贵的、贱的，都趋之若鹜地往自己认为好里去找关系、托人情。有想入学的，想换班级的，想调座位的，当然还有很多发愁没地方读的，想得是彻夜难眠，一块悬着的心石非得要等有结果了才会落下。学生，不论优的、良的、及格的、差的，总是越来越觉得所学与所用的巨大脱节，前途茫茫，未来渺渺。

再讲心冷。心的冷，从心理学的角度来讲一般是在人的情感没有得到很好满足，甚至还要受到伤害时的情绪状态。这几年心冷的事情在教育界总是一不小心就被遇上：有经费投入不足的，《教育法》规定了各级人民政府教育财政拨款的增长应当高于财政经常性收入的增长，且给了个具体指标，即国家财政性教育经费不低于该年 GDP 的 4%，此指标是世界衡量教育水平的基础线，离发达国家的标准还很远。遗憾的是，我们叫了近二十年却远远未达到。有教育资源分配不公的，为了提高高校的投入，毅然牺牲了农村的教育。城里的孩子也很郁闷，近在咫尺的好校没有把自己纳入其片区，却被划入了远在数里外的一般校。农民工的子女说是可以就近上学了，可是学校学位有限，客居异地的他们不得已又要远离父母被送到遥远的老家村子里成为孤独的留守孩童，有的干脆就辍学浪迹街头了。有教育成果不佳的，努力了多年的教改似乎总是找不着下手的方向，于是教育被扣上了三十年改革开放最失败的罪名，什么小学小傻、中学中傻、大学大傻、硕士博士超傻、博士后傻上加傻等言论被无情地流散于社会。这不是空穴来风，多年不变的填鸭式教育培养出来的只擅长死记硬背的孩子们被不露痕迹地夺走了分析力和创造力，而已轻易被社会浮躁思想俘虏的学校又开始变得功利起来，一方面与家长们携起手来狠狠地给学子们加压加负，一方面则重重地摧残着同学们的心理健康，孤独、冷漠、厌学、自残等等不断涌现的事实把希望变成了绝望。前不久撞人后不救人反而杀人的文艺大学生小药更是把教育的良善功能推向崩溃！还是不说了吧。

说点开心的。邻家女孩小张年前在县城一中以全区文科状元的成绩考上了北大，县委、县政府及当地相关部门给予了她重奖，小张一家自然沉浸在巨大的喜悦和无比的幸福中，小张很自信也很懂得感恩，觉得自己的努力没有白费，忙得很值。入学后，小张更觉自己幸运了，因为她发现，班上除了几个非北京籍同学的入学分数和自己差不多外，其他同学的分数都比自己低的多得多，有的甚至少了自己几十上百分。她尽管十分惋惜昔日高中的几个好同学因为考低了自己几分而与北大擦肩，但还是为自己的幸运感到高兴。要是少考了几分，可就进不了这所顶尖的大学了。邻家上小学的男孩小李那天在学校又被老师罚做劳动了。回家虽迟了点，可还是被父亲大大夸奖了一通，"劳动就是光荣！"他的父亲老李说。得到父亲赞赏的小男孩自是喜出望外，尽管他不明白为什么这么光荣的事老师却总要在自己犯错的时候才叫自己去做。

小张的"幸运"和小李的不明白，属于更深层次的事，这事，普通人可忙不明白。

开学了，忙是要忙的。即使是忙得再虚、再冷、再莫名其妙，作为家长的也得忙啊。有哪个做父母的不希望自己的孩子好呢？然而，看来并不是所有的忙都能有效的。与其忙也无效，就别跟着什么都忙了。毕竟，有些忙我们是忙不过来的。但有一个忙你得忙住,那就是孩子们的健康。

总有该忙的人,请你们赶快忙起来吧!

2011 年 8 月

历史，我们没有忘记

——回顾2011年的建瓯"申苏"

2011年5月，随着建瓯市申报中央苏区县工作的日益推进，我被抽调负责建瓯市革命历史纪念馆建馆工作。很快，二十多位抽调人员随即开始地毯式地在全市及周边相关地区查阅档案、征集文物、寻访五老、拍摄物景。与此同时，以迅雷之势完成了展馆的选址、装修和布馆招投标，几名高手在夜以继日地撰写陈列案。紧接着统稿、再创作、设计、编排等等精细的工作在全速进行着，我们无畏酷暑，不分昼夜……

8月，建瓯市革命历史纪念馆建成。两层白墙红瓦的小楼，静谧地坐落在建瓯市黄华山黄华阁下，门前不远是巍峨仁立的建瓯市革命烈士纪念碑，青山秀色，英气氤氲。

用3个月的时间，以一种如谒见离别多年英雄的虔诚之心，建瓯革命历史纪念馆布馆组通过一座精致的纪念馆，打造了一条穿越时空的隧道，走过六十二年，带你走进那段烽火连天的革命岁月……

闽北革命的策源地

1926年夏，为了策应一支即将开拔的北伐军——中国国民革命军第2军第6师由赣入闽，三位建瓯籍青年才俊：原省立第五中学（现建瓯一中）校友葛越溪（毕业于北京大学）、潘作民（毕业于上海大学）、杨峻德（毕业于中国大学）等受中共福州地委的指派回闽北开辟工作，在建瓯城关大甲巷7号建立了闽北第一个党组织——中共建瓯支部。葛越溪任书记，潘与杨分任组织委员和宣传委员。三位年轻的共产党人怀着对真理的誓死追寻，把共产主义的火种带到了建瓯，从此，点燃了闽北革命的熊熊烈火。是年12月，由师长戴岳、党代表萧劲光率领的北伐军第2军第6师进驻建瓯。由于中共建瓯支部的前期工作策应，北伐军很快取得了全歼军阀周荫人部2个团的胜利。驻扎在建瓯黄华山上的北伐军，军纪严明、革命气势如虹，在萧劲光和师政治部的支持下，中共建瓯支部得以公开发动群众，组建县工会、县农会等革命群众团体，革命的风暴很快席卷建瓯全境。

北伐战争的胜利进军和工农运动的高涨，沉重打击了封建军阀和帝国主义在华统治，也威胁到了他们的利益。于是，帝国主义在华利益的勾结者蒋介石开始了政变的谋划。1927年初夏，"四·一二"政变在上海突发，各地党组织随即遭受严重破坏，中共建瓯支部在困境中顽强坚持。为了恢复和发展党组织，进而开展土地革命运动，1927年7月，根据中央的指示，毕业于上海复旦大学、刚满20岁的福州青年陈昭礼，从武汉刚出席完党的五大后匆匆赶赴建瓯。他在建瓯大甲巷7号隔壁的序五里革命烈士刘葆彝（"三·一八"惨案中牺牲的建瓯籍北京工业大学学生）家住了下来，并很快和在建瓯的葛越溪、季康等人取得联系，共同商议并建立了中共闽北临时委员会。8月，闽北临时委员会在刘葆彝家成立，陈昭礼任临委书记，直接受命于中共中央，领导福州和闽北等地的革命斗争。这位才华横溢的年轻书记，在建瓯的那段艰苦的革命岁月中，不但巩固和发展了中共建瓯支部所开创的党的事业，同时还获得了他美丽的爱情与婚姻，与临委建立者之一的崇安姑娘、共产党员潘超人喜结良缘。很快，中共崇安县特别支部在陈昭礼和潘超人等人的组织下建立了起来，革命的烈火开始从建瓯向闽北各县传播，政和支部、松溪特支等纷纷成立。

党的"八·七"会议之后，中央指示福建党的任务是领导工农武装暴动，肯定了建瓯、崇安一带农民运动都有急剧的进展，中央决定建瓯、建阳、崇安为全省暴动的第四区。根据中央的指示精神，在建瓯县委和县农会的领导下，1928年1月，建瓯爆发了史称"上屯暴动"的闽北地区第一次由中共党组织领导的反抗国民党反动派的武装斗争。随后，崇浦暴动在杨峻德等人的领导下成功爆发。

革命从来就不惜流血与牺牲。陈昭礼，这位闽北临委的缔造者，后被中央派遣往广西百色参与组织左右江起义的英雄，不幸于1940年在崇安街头被军统特务杀害；杨峻德，闽北第一个党组织的建立者，后在福建省委秘书长兼组织部部长任上不幸被捕于厦门，1930年英勇就义于南京雨花台；黄可英，这位年轻的中共建瓯县委书记，1934年在与瓯南反动民团的激战中壮烈牺牲。还有众多在革命斗争中献身的有名和无名的英烈们……

中央苏区的组成部分

1929年3月，毛泽东率红四军入闽，揭开了创建福建中央苏区的序幕。

闽北早期农民暴动的成果和红四军的深入，使得武夷山脉北麓的闽北处处"风展红旗如画"。1930年元旦，毛泽东率军挺进武夷山，满怀豪情地写下了那首脍炙人口的《如梦令·元旦》时，闽北地区"工农武装割据"的星星之火已成燎原之势。1931年5月，建松政浦四县边区路下桥苏维埃政府成立，辖建瓯、松溪、浦城、政和边区的48个村苏。在中共建瓯中心县委的领导下，建瓯的人民武装斗争和苏维埃政权建设捷报频传。1931年12月，红12军一部进入建松政开辟革命根据地，在吉阳曹墩村成立了闽北工农游击第一支队。同年，建瓯西区区苏在吉阳玉溪村成立，接着，建瓯东区区苏在东游上范村成立。1934年8月，在红58团团长黄立贵、政委陈一的主持下，成立了建松政革命委员会。9月，建松政苏维埃政府成立，建松政边区红色割据日益扩大，涵盖了建瓯、政和、松溪三县边界的大部分区域。

鉴于闽北各县苏区的不断发展壮大，1933年4月，中共中央局和苏维埃临时中央政府决定设立闽赣省，将闽北苏区划入中央苏区版图。同年6月，考虑建瓯中心县委与闽北分区委的联络已经打通，中央决定将建瓯中心县委从福州中心市委分出,划归闽北分区委领导。自此,建松政苏区划入中央苏区范围,成为中央苏区鼎盛时期的组成部分。

历史有时总让人难忍唏嘘,福建事变的失败和王明"左"倾教条主义的错误,不仅使中央苏区第五次反"围剿"失去良机,而且使苏区和红军遭受了重大损失和严重摧残。1934年10月,随着中央红军主力长征北上后,江西、闽西和闽赣等中央苏区相继陷落。建瓯苏区军民在困境中紧密协同留在闽北的中央红军58团,抓住北上抗日先遣队转战闽浙边和此间国民党兵力相对薄弱的有利时机,积极发动和组织群众,深入开展土地革命和工农武装割据运动,使建瓯苏区一度迎来短暂的发展局面。当时在建瓯苏区的武装部队发展到了五支队伍,分别是:闽北工农游击第一支队、吉阳游击大队、迪口游击队、洋口游击队、建松政工农独立营。这些武装组织在党的坚强领导下,特别是在红军主力长征北上后,坚守阵地,用意志和鲜血捍卫了红色的苏区政权。由于建松政苏区胜利的坚守,取得了中央的信任和认可,1935年1月,中央给闽北分区委发了一份电报,指出"万一无法坚守崇安,可以用建松政地区作为战略机动的地方"。

建松政苏区始终得到中央的承认。

建松政苏区及建瓯东、西区苏在主力红军长征后一度出现的大好发展的局面，是在特殊的革命斗争历史条件下形成的，后随着国民党军队的疯狂"围剿"和北上抗日先遣队革命斗争的失败，一直坚持到1935年3月，成为最后陷落的中央苏区之一。

我们该铭记，从1933年6月—1935年3月，划入中央苏区后的建瓯苏区存续和坚持斗争历时1年又10个月，苏区范围包括现有龙村、小松、川石、水源、东游、迪口、玉山、房道、徐墩、吉阳等10个乡镇的境域都曾设立过区、乡苏，面积2569平方公里，占现有全市总面积的60.7%，众多革命先烈如伍弟奴、杨则仕、张其恩、余祖伦等在残酷的革命斗争中献出了宝贵的生命，苏区群众更是借粮筹款、送子参军，为党的革命事业无私无畏、默默奉献……

闽北游击区的重要一翼

中央苏区陷落后，建瓯苏区党组织和革命武装根据闽北分区委开展游击战争的指示精神，随即做出积极开展群众性游击战争的部署，转入到艰苦卓绝的三年游击战。当时，为了策应中央主力红军长征，同时也为了更好地巩固和发展闽北革命根据地，由黄立贵率领的闽北红军独立师未随主力红军北上，而是留在了闽北地区。这支英勇的红军部队，为建瓯党组织和游击武装的恢复起到了关键的作用，并在战争中帮助建瓯巩固和发展了多个游击区，使其成为闽北的一块坚固的革命堡垒。

1935年秋，闽北红军独立师2团3团在王助、饶守坤的率领下，开辟了以迪口为中心的包括建瓯、屏南、古田边界的闽东北新的游击区。1936年3月，当时中华苏维埃共和国闽赣省委常委黄道到建瓯玉山富地一带，宣布成立中共闽东北特委，领导瓯、古、南革命工作。在闽东北特委的领导下，建瓯玉山、迪口一带的游击之火燃成蔓延之势。而在建松政苏区这片老革命根据地上，一直活跃着的独立师3团、建松政工农红军独立营等武装队伍，这些奔驰在山林旷野，露宿于破庙荒郊的健儿们常常神出鬼没地给敌人以出其不意的打击，打得敌人晕头转向、首尾难兼。建瓯游击武装的胜利发展，有力地打击了敌人的嚣张气焰，也较好地保存了革命的有生力量。

1937年抗战全面爆发后，抗日民族统一战线形成。

中共闽赣省委根据中央指示，在光泽县大洲与国民党达成停战协议和合作协定。闽北红军游击队1500多人开往江西铅山县石塘镇整编，编成新四军第3支队第5团，由团长饶守坤率领开赴抗日前线。其中，包括建瓯游击区在内的建松政及瓯古南游击区输送了600多名子弟兵。在民族存亡的危急时刻，他们决然选择了大义，成为新四军初创时有生力量的来源之一。

历史不该忘记那千古奇冤的江南一页，在几年后发生的震惊中外的皖南事变中，我600多名英勇忠诚的子弟兵在保卫和掩护军部战斗中全部壮烈殉国！

战士英魂悲歌，当名垂竹帛，功标青史！

中国东南抗战的重要支点

抗日战争时期，建瓯因其拥有相对较好的交通和经济条件，成为国民政府在东南抗战的一个重要支点，同时也是中国共产党在闽北开展抗日救亡运动的中心。建瓯人民为了抵御外侵，积极投入抗日救亡活动，亦成了福建遭受日机轰炸最严重的目标之一。

建瓯是福建北部中心腹地和东南地区的战略后方，建瓯机场（旧军用机场）距日本本土约1680公里，中国军队当时在建瓯飞机坪设立军用机场，就是因为中国和盟军飞机可从建瓯机场起飞直接打击日本本土。1942年7月，随着浙江衢州机场的陷落，建瓯机场成了国民党第三战区及美国志愿航空队在东南地区的一个重要战略基地。

根据当年建瓯空军招待所翻译官周隽老人的回忆，美国志愿航空队，俗称飞虎队，在具有传奇色彩的援华英雄陈纳德将军的指挥下，曾给日本空军以沉重的打击，并取得辉煌战绩。当时在建瓯，有一个机场（即今飞机坪）、一家空军招待所、一个空军战地临时医院、一座小型美军战地医院，建瓯因此成了飞虎队及中国军队的一个重要战斗中转基地。

抗日民族统一战线成立后，国共两党把驱除鞑虏、保家卫国视为国是之首要，建瓯因而也成为国共两党领导下的人民抗日最活跃的地区之一。当时，由中共建瓯地下党出面团结各方进步人士组成的"福建省抗敌后援会建瓯分会"共有设计、训练、物价评价三个委员会和宣传、募捐、侦察、消防、救护、救济、交通、慰劳八个工作团，各团体积极踊跃开展活动，掀起了建瓯人民的抗日热潮。如时任《闽北日报》总编的共产党人张沐办的宣传抗日的报纸；由建瓯中学、培汉中学组织演出队演出的《四千金》《野玫瑰》等抗日剧目；中国战时儿童保育会福建分会第一保育院的南雅保育院；建瓯人民在体育场焚烧日货的义举等等。在与日寇艰苦漫长的战斗中，建瓯人民还造就了数个驰名中外的抗日将领，他们是：邹坚，国民党二级上将，曾参加过1944年盟军诺曼底登陆战役；叶启杰，国民党中将，曾在傅作义手下多次领兵对日作战，立下赫赫战功；还有多名建瓯籍黄埔系将士也都参与了对日作战。

有战斗必有牺牲，让我们记住1945年6月国民党建瓯县政府的一份统计数据："1937年7月至1945年6月，总计：敌机数：381。投弹数：289。被灾区域：中山公园、西郊、西门街、庙下村、北门苗圃、长春巷、青云路、北辛街、西大街、小梨山、黄华山主堂、蔡家祠、上西河等处。被灾户数：2647。户口数：6463。伤亡人口：死亡410，重伤130，轻伤67。损毁建筑物：民房1136座，商店415间，公共处所6处，其他8处。当时价值：65507900元，估计现值：1449997800元（指1945年）。"

建瓯人民在保家卫国的大业中曾经付出过很多！很重！

红旗不倒的革命老区

抗日战争胜利后，国共双方为顺应和平之民意，在团结合作、和平建国等问题上展开谈判，强调和为贵。1945年10月10日，国共双方签订了著名的《双十协定》，1946年1月10日又签订了《停战协定》，国内一时闪现和平曙光，战争似乎要远去了。然而，华族舛运未尽，在美帝国主义的支持下，1946年6月，国民党反动派悍然对解放区发动全面进攻，中国共产党领导解放区军民英勇进行自卫，中国人民被迫进行的解放战争全面爆发。三年解放战争时期，建瓯党组织和游击队积极开展爱国游击战争，始终护卫了党的旗帜，保持了党在闽东北的革命战略支点地位，壮大了党的组织和有生力量，并与当地人民结下了深厚的革命友谊，使建瓯这块红色的土地成为福建红旗不倒的革命老区之一。

1946年11月，中共福建省委在南平村头黄连坡召开福建省党县代表会议，长期在闽北进行革命活动的曾镜冰、陈贵芳（陈牯佬）等领导参加会议。会议将"中共福建省委"改为"中共闽浙赣区党委"，成立了区党委（1947年11月后闽浙赣区党委又改为中共闽浙赣省委），曾镜冰任书记，领导包括建瓯在内的闽浙赣边区人民的解放斗争。在党的领导下，建瓯革命武装广泛发动群众，开展游击战争，在与国民党反动派的斗争中取得了一个又一个的武装胜利，游击革命根据地得到不断的建立和扩大，建属大地传诵着一个又一个"风展红旗如画"的传奇故事。有陈贵芳率领的建松政游击队在川石下宅成功伏击前往川石运粮的国民党保安团的"下宅伏击战"；有瓯古南游击队化装成敌的福建省保安团奇袭迪口乡公所的战斗；有闽北特委书记王文波和陈贵芳共同率领的，靠自救和群众帮助而脱险的川石"岭根突围战"；还有南雅汽车站伏击战，党城战斗等等。据不完全统计，在建松政地区活动的我人民游击武装，从1947年2月至1949年5月，经历大小战斗37次，缴枪488支，机枪2挺，击溃歼灭敌人820多人，牵制了敌一个团两个营兵力，解放了政和县的东平、水吉县的外屯、建瓯县的后山等9个乡镇，接管了政和、松溪、浦城、水吉4个县。老区人民为此亦付出了沉重的代价，其中建瓯全县被烧村庄达103个，被拆毁倒塌房屋3000多栋，被杀群众2700多人，森林焚毁、耕地荒芜达6万多亩。尽管如此，具有坚定革命意志的建瓯老区人民始终跟党走，不屈不挠，顽强斗争，保持红旗不倒，为革命胜利做出了重大的贡献。

1949年5月13日，中国人民解放军第2野战军4兵团15军44师131团解放建瓯，翻身解放了的建瓯人民终于迎来了当家做主的历史新纪元。

南下大军进军福州的前进基地和指挥中心

1949年5月，闽北地区各县相继解放。

闽北的率先解放，打通了解放福州和全福建的关山要塞。建瓯因其重要的战略地位和优越的经济条件，成为南下大军进军福州、解放福建的前进基地和指挥中心。

6月3日，以中共闽浙赣省委为主要组成的建瓯军事管制委员会在建瓯成立，由省委书记曾镜冰任主任，2野51师政委崔子明任副主任，军管会下设文教处、财政处、交通处、公安处等，为加强地方的管理，军管会任命2野51师政治处处长张一凡兼任建瓯县县长，闽北游击队支队长暨文海任副县长。建瓯军管会为迎接10兵团大军进军福建积极筹集粮秣，组织侦察，有力支援了福州战役的战勤保障。6月14日，10兵团29军参谋长梁灵光率领先遣队400多人抵达建瓯，揭开了福州战役的序幕。

7月初,张鼎丞和叶飞、韦国清等率领的10兵团解放大军,包括长江支队、南下服务团等约15万人,冒暑沿浙赣路乘火车南进,分别于浙江江山县和江西上饶下车,其中兵团部率28军和31军经浦城入闽,29军经崇安入闽,7月26日会合于建瓯、建阳、南平。其中,兵团司令部和28军进驻建瓯,我人民解放军整装待发,剑锋直指古城福州。为确保打胜这场解放福建的关键战役,闽北支前委员会和民工指挥部在建瓯成立,新任福建省委书记、省长张鼎丞亲自坐镇建瓯指挥办公。

为了保障战勤,支前委员会在建瓯等地筹集了充足的粮食,还有柴草、蔬菜、食盐、肉类等,沿途设置茶水等供应站,供应过往大军;民工指挥部组织民工1000多人的运输队、担架队,为部队运粮食,搬炮弹,抬伤员,有力支援了部队后勤。

为了加强战后地方管理力量和部队人才培养,1949年5月,以曾镜冰为校长的福建公学在建瓯筹办,公学仿效陕北公学的模式,招收闽浙赣边有初中以上文化的知识青年及部分闽北游击队员近300多人进行培训,8月,大部分学员参加了解放福州的战役,并充实到已解放的各县县委工作。此外，2野5兵团还在建瓯办了军政大学，招收闽北各地学员800多名，编成一个大队，后随2野大军挺进贵州云南，为解放大西南做出了贡献。

为了加强舆论工作，省委机关报——《福建日报》在建瓯诞生。1949年7月，新任省委书记张鼎丞抵达建瓯后，十分重视舆情工作，在华东局帮助下，从南下服务团中抽调一批骨干30多人进报社，组成了福建日报社、新华社福建分社、福建人民广播电台等基本队伍，由省委宣传部副部长杨西光兼任福建日报社社长，何若人任报社副社长兼总编辑，并出版了《福建日报》创刊号。

1949年8月1日，福建省委、10兵团在建瓯大戏院召开誓师大会，吹响了向福州进军的号角。

后　记

从1926—1949年，历经23年岁月的烽火所熔铸的革命历史，是建瓯人民在20世纪寻求民族解放和民族独立征程中，用生命与智慧的求索所成就的伟大光荣史，其势已撼地，其情可动天！

历史不会忘记！为争取民族独立和人民解放做出了

重大贡献和英勇牺牲的建瓯先辈们，他们用鲜血和生命铸就的革命优良传统和艰苦奋斗精神，是永远值得我们珍惜、继承和弘扬的宝贵财富。

作者时任建瓯革命历史纪念馆布馆负责人

2011年8月6日

千年建州，理学名城

一

开闽古县

置地于周，秦属闽中郡。汉献帝建安初年立县，名建安（今建瓯）。与侯官（福州）、汉兴（浦城）、南平（延平）并为开闽四县，隶扬州会稽南部都尉。是时，闽境重山隔阻，人迹荒绝。三溪交汇的建安，山环水绕，土沃物丰，是耕猎时代闽人繁衍生存之福地。

闽境首郡

建安八年（203），会稽郡南部都尉治建安，辖全闽。建安始为闽军政中心。建安中，南部都尉升为建安郡，治建安，隶扬州，辖全闽，为闽境首郡。吴永安三年（260），建安垒起闽地第一座郡城，开启孙吴治闽变武功为文治之序幕。

名闽之州

唐武德四年（621），建州治地迁建安。唐初行州县制，建州为闽地方一级建置首府。不久，唐行道州县制，闽土州县渐多。开元二十一年（733），取福州、建州首字为经略闽使之名，闽始名"福建"。半壁福建的建州盖有创闽土以滥觞之功。

五代殷都

五代，十国割据，群雄纷争。时王氏（王审知）治闽，其安内和外，一境晏然。后晋天福八年（943），闽国建州刺史王延政（审知子）在治地自立为帝，国号殷，都建安。辖建、镛、镡三州，绵地八百里，生齿十万室。建州，乃成帝王之家。

八闽首府

有汉唐创其之滥觞，闽殷尽其之深致，至两宋，建安已成大邦。商贾云集，醇儒无算。北宋治平三年（1066），析建安西北大部为瓯宁县，县治建州城，福建而有一州二县共城之例。南宋绍兴三十二年（1162），升建州为建宁府，治建安。时福建共一府五州二军之八闽建置，建宁府,为八闽首府。

两县合一

自元以降,建安瓯宁兴衰交替,荣损煌煌。民国二年(1913),闽施行省道县制,建城撤府,并建安瓯宁二县名建瓯县,治建瓯城,隶建安道。公元1992年,经国务院批准,撤建瓯县设建瓯市,隶南平市。设市以来,有中国竹子之乡、中国笋竹城、中国根雕之都、福建历史文化名城、中国东南白酒名城等称誉。

二

传道东南

儒者,力倡以道得民。然孟轲之后,历秦汉而唐,学者皆言孔孟已失。至北宋五子出,濂关洛学始行天下,理学所以发轫。元丰四年(1181),建州游酢南剑杨时,以程门立雪之诚拜师程颢,终以二程四大高弟之荣载学南归。明道送别二徒有言"吾道南矣!"游杨二贤,果不负师教,他们传道东南,筑起道南理窟的强基。

朱子理学

建炎四年（1130），朱子出生。少习家学，师从延平、武夷诸君，获洛学真传，濂关湖湘浙赣诸学为之羽翼，汉唐宋儒释氏黄老得之综合，琴书建州五十载，因有朱子理学为治道圭臬。立天道以阴阳，树地道以柔刚，尊人道以仁义。理一分殊，无所不及。育我建州山川明豁，人杰地灵；风日清美，家给年丰。昔日瓯越险远之地，已是东南全盛之邦。

党禁之殇

两宋诸朝，学术之盛堪称历史高峰。儒者好辩论真伪，宦者则以真伪裁决朝政。朱子以续绝学为己任，其有大成之局，亦有去伪之真，更有开万世太平之从政勇毅。数十年间，为不和者所憎。庆元二年（1196），党禁骤起，钦定程朱为伪学，朱子及其理学著说皆定性为"伪"。理学遭受庆元党禁之殇。

复兴之地

朱子之后，理学复起。建州建安以文教儒风吾建为盛之先，引领后朱子时代理学复兴。宝庆三年（1227），朱文公祠成，此后春秋两祭，流风不泯；嘉熙二年（1238），建安书院成，其力救遗书，而有文公文集续集别集。坊巷之中，可见诸儒祠祀；闾里之间，但闻义理声声。教学相长，道义无间，朱子理学乃赓续勃发焉。

理学名城

理宗以降，天子赐额御书与兹以倡儒宗，上之所向，下必趋之。道学昌明于建安，自是绳绳相继，如日月经天，江河纪地。至明代五经博士府成，崇朱敬朱，蔚然成风。宋元明清，儒生习理学，建瓯登进士者逾千人；群众讲理义，而有斯土之家藏诗书、户藏法律。理学于建之盛，明代宗赠曰："德盛仁熟，理明义精。"可谓斯其至矣。

2022 年 4 月为建瓯市委市政府
打造"千年建州，理学名城"而作

练寯传

——全城众母章太傅练氏夫人记略

练寯（872—952），唐咸通十二年生于建州浦城练村。练氏之族，累世富厚，好尚儒雅。寯为练家幺女，才识贤德誉满乡里，深得邑人喜爱。有乡人章氏之裔，以儒业武功荣显于世。章家子仔钧，崇文尚武，孝友忠公，以才德闻于闾里。练家知仔钧之贤，愿以女寯妻之。章练由是并蒂良缘，夫妇此后琴瑟和同，携手如宾。

是时，恰逢唐末黄巢之乱，藩镇恃强黩武，急才士以充。亦有闻章仔钧名者，遣使往召之。仔钧虽无官，然恬淡晦迹乡里，耻与恶藩为伍，故均以婉言推却之。练氏尊从夫意，一心相夫教子，无悔无怨。五代开平年间，后梁朝廷命福建威武军节度使王审知为闽王。仔钧久慕王氏风范，悉心撰写"攻、战、守"治国三策，献给闽王。王欣然纳之，并表奏于朝，授章仔钧高州刺史、检校太傅，充西北面行营招讨制置使。章氏乃以浦城西岩山为驻军行营，此后屯兵仙霞岭下，致力保境安民。

一日，南唐将军卢尝借道浦城，兵过西岩山而突袭闽军。章太傅领兵据险坚守，并遣校官边镐、王建封求援于建安，以七日为至期。边、王二校因暴雨延时，援兵迟一日至，按律当斩。练寯急请于夫，曰："二校本公之心腹，今雨潦之误，实难罪之以死，不如使遂其志，以有功德于民，不亦善乎！"夫曰："诚如是言，夫人为我舍之。"寯乃令诸子慰二校，宜急逃去，并赠首臂之馀，以资其行。二校拜于门下，泣而誓曰："此恩不报，天地神灵无容我二人寸进。"遂奔南唐李氏而去。

时逢五代乱世，五朝更迭，十国纷争，可谓成王败寇，亦在朝夕之间。昔闽王审知薨后，其子侄之辈鲜有先人贤德，兄弟阋墙，父子相攻。先是王延钧夺兄权于福州僭号称帝，再是其子王继鹏弑父夺位。未几，王延羲杀侄取而代之。而后王延政亦以富沙王称帝于建州，国号"殷"，都建安。

后晋天福九年末，闽帝延羲遭部将谋杀，闽国大乱，殷主延政发兵讨逆。时南唐李氏雄起于江南，觊觎闽地久矣。遂趁闽殷之隙，遣江西安抚使查文徽领兵进攻殷国。边镐、王建封以"行军招讨使"及"先锋桥道使"

之职从于查帅，进军建州。明年二月，南唐兵临建安城下，恶战旋即展开。不久，南唐以诱降据福州，建安由是南北受敌，已为孤城。而前时，练寯以夫章太傅卒后，其子事从镇安军节度使幕府故，随子徙居建安城中。时城已被困，乃滞留焉。八月，南唐破城。以是时禁律，凡抵抗之城者，破之即屠。

边、王二将奉命屠城。然二人不忘恩渝誓，心系夫人。建封使镐走告于诸将，曰："诸将少缓屠城！"后急遣军吏遍访章太傅夫人于城中。俄而知夫人居坊，建封喜动颜色，乃具金帛，举白旗，更衣执笏，敛军容，拱立于夫人门外。请曰："愿拜夫人于庭下。"寯辞曰："将军行兵讨伐建安，老幼引颈待戮，妾亦万死之际，命在顷刻，不期将军旌节俯临，又焉敢当拜礼。"建封泣曰："吾辈曾蒙夫人恩活，岂敢忘报。夫人请植此旗于门，可保无虞，惟夫人内外亲戚不限人数，乞录示姓名，当保全之，其余皆在屠戮。"寯返旗不受曰："今日之恩，诚待老身厚矣。然妾不死，则大歉于义，妾愿先众人而死。"建封惊愕曰："夫人何出此言？"寯哀诉曰："妾耳闻目见，始谋附乱者，止三十六人。今城中居民不下六七万口，未必皆有罪。汝能全之，乃为报吾恩。不然，勿以妾身一家为念，吾当不能独生也。"建封感其言，号泣再拜，并禀报是非于查帅。于是谨从夫人劝，止屠附乱者，余皆全活。

令下，全城尽欢，皆曰："死而再生矣！"

后周广顺二年，练寯辞世，全城举哀。州府以活人功破城内不墓之例，葬寯于州署后芝山，立碑"全城众母"。厥后，寯之恩德，竞相传述，朝中闾里，均以为美谈。宋庆历五年，仁宗帝准宰相章得象奏请，追封练寯为越国夫人。明正德十五年，建宁府立"章太傅练氏夫人祠"于城西敬客坊，供春秋祭拜。公元1990年，建瓯县人民政府塑寯铜像于原墓前，以昭其德。昔明成祖朱棣及寇准、朱熹、文天祥等贵显大儒均留有颂诗，盛赞其贤。今有"芝城之母""练氏夫人"之敬称；海内外章氏，更以寯为始祖，顶礼膜拜。

而观寯子十五人孙六十八人，皆显至二十余世。其孙冠盖相望，前后不绝，及第者有状元，入仕者能拜相，高贵贤达，萃于一门。

呜呼！昔止建城之屠者，岂独练氏一人耶？宋李伯纪止之于韩世忠，元何文辉邹伯阳劝之于胡美，亦使建宁免遭屠戮。其施以建人之恩德，实与练寯无异矣。然寯之昭于后人，恐后者不及也，何也？

女者柔也，柔而无畏，必能克刚。练氏舍身以大爱止于戮，恰至柔至刚也。其情其景，最是动人。妇者母也，母有贤德，必可育良。夫人仁爱而有德义，修身以德可以齐家也，母贤子贵，固如是乎。

夫人盛誉如此，非偶然也！仁义有爱，贤良有德，盖其因矣！建瓯累世沐其爱雨，实为社会和谐之造化，百姓敦睦之本源。为永彰练寯之绩，故撰备忘，以为世人劝。

2013 年 11 月 13 日

美食在建瓯

不知从什么时候开始,建瓯办起了一年一度的全国美食节。

前几天,在建瓯泛华小区外的滨江路上,"建瓯·中国笋竹城美食节"活动在那里足足热闹了一个多星期。来自全国各地的美味如火爆鱿鱼、天津狗不理包子、江苏泥烤叫花鸡、台湾蟹黄牙签肉等等应有尽有。惹得建瓯城乡民众争相赶往,品尝不绝。琳琅满目的各式美食在烹制师们的手下溢出令人垂涎的香色,无不让挤得满身是汗的男女食客们吃后叫好连连。建瓯人的口味其实挺讲究,能吸引本就谙熟美食的建瓯人接连七八天围着美食节流连忘返,除了美味本身的诱惑外,还得佩服商家的精明。他们大概知道,只有懂行才会爱行,因此把美食节办在素以"懂吃"而声名远播的建瓯,那是真正的卖主找到了买主,每年不来火一回,还算是生意人吗?

商家的精明是对的。在建瓯,美食节只是当地美食文化的一个点，节点过后，美食在建瓯常年无处不在。

聊到建瓯的美食，得先懂一些建瓯的历史。建瓯曾为汉县、吴郡、唐州、宋府，其间还做过王国的都城，历史悠久，人文荟萃，是一座文化名城。汉唐以后，中原汉族陆续迁徙入闽，首站多经留建瓯，他们带来了中原的作物及其食俗，在与当地土著居民的融合中形成了建瓯食文化主流。因此，建瓯的饮食文化既秉承了中原的遗风，又兼当地闽越土著的遗存。在饮食方面，与我们熟悉的"南甜北咸东辣西酸"为特点的中华大菜系所讲究的专独性不同，建瓯饮食，甜咸酸苦辣五味具备。不似福州人喜甜，浦城人爱辣那么明显。建瓯人将它调和融通，或一盘菜中融合几味，或一桌菜里各味搭配均衡，不偏不倚。五味调配得当，可增进健康，过之则不利。从这个视角上看，建瓯饮食文化的精髓实际上是体现了国人思想的"中庸"两字。千百年来不断的族群和物种融合，使得建瓯饮食已超越了中华菜系素以地域为特色的形态，有了自己难得的"中和"特性。在待客方面，建瓯人则以热情好客著称，无论贫富人家，只要有客人到来，不摆个八大碗菜，喝个倒趴下是不肯罢休的。也因为这热情的性格，使得建瓯人对饮食有了更多的需求。

美食是离不开菜肴的。建瓯菜所以会让尝过的人赞叹不已，实际上也是建瓯天然物产丰盛的原因。建瓯土沃物华，兼地处闽北中枢，水陆交通便利，可以说山珍水味，多如泥沙。由此饮食业相当发达，饮食店遍布城乡各大街小巷，经营菜色品种繁多，有几道经典名菜大家是一定要记得的。

"挖底"（又名锅底），建瓯传统的首席名菜。它选用鲜冬笋为主料，佐以五花肉、龙口粉丝、金针菜、发紫菜等。此菜上桌后每每因其味美诱人，价高品真，食客往往风卷残云，片刻间吃个盘净如洗，故而称为"挖底"。

"纳底"，这是一道建瓯民间俗菜，几乎家家能做，经济实惠，既可作家常菜，又可作宴宾之肴。它取猪前胛肉切剁成细小肉丁，加入少许虾肉末拌以地瓜粉揉成面状，随便捏作小粒丸状入沸水中烫熟，捞起冷水漂过后，热锅油炒纳底加少许老红酒，复加高汤煮沸加入菜丝，再打入蛋花，用胡椒粉及麻油调味，装碗后撒少许油渣末尤为绝妙，吃起来香辣鲜美，口感软滑。在建瓯，不管是下馆子还是进人家都可点这盘菜。

"板鸭",正宗的建瓯板鸭选料相当考究,加工也精细,以全番鸭为料制作的香味更佳。烹饪虽简便,但却要懂得其法,有些外地人买回去后因为不晓得怎么做,结果闹出了放水煮汤的笑话。烹饪前,先将板鸭洗擦干净,伏势置放竹箪或蒸笼里文火蒸熟(现在人多用电饭煲来蒸),稍凉后切块装盘,并将味精、红酒边烫边搅,使之融合再浇入盘鸭后即可食用。该菜风味独特,香嫩可口,不油不腻,不仅味好名气也大。据说宋时曾被列为"汉席珍品",今又被中国食品总公司编写的《家禽与传统禽制品》一书誉为全国四大名品板鸭之一。

"鸡茸",此菜有趣的是所谓鸡茸并不用鸡肉,而是猪肉中有一种瘦肉"鸡茸",因用它来作主要原料,故称"鸡茸"。它选用纯瘦猪肉、鸡蛋、蛏干、目鱼或猪肚等切丝,佐以蕉芋粉、黄酒、猪油。将瘦肉剁成肉酱,蛋打花渗进肉酱里搅拌,蛏干、目鱼或猪肚煮熟切成细丝,放适量水在锅里烧开,把蕉芋粉用水搅拌至浓且均匀时并入肉蛋酱后随之逐渐下锅,一边煮一边在锅里搅拌均匀,蛏干、目鱼或猪肚等丝也同时加入,在煮熟起锅前加些猪油、黄酒、味精即可。此菜集多种料理于一身,口味鲜美,营养丰富之极,只是这道菜是典型的外冷内热，表面看去冷冰冰，其实里面火热热，食之不慎会烫伤唇舌，如带有小孩一起食用，一定要多多提醒。

"榛仔煨排骨"，建瓯的龙村、水源等乡以产榛仔闻名，每逢佳果上市之时，建瓯人用晾干离膜的黄榛剥壳后，以高汤文火煨焖黄榛和排骨，熟透后榛仔黄如金珠十分好看，味厚甜美香沙，油而不腻；排骨得榛仔甜味更为鲜美，相得益彰，令人百食不厌。

"滚胖头"，所谓靠山吃山，靠水吃水，建瓯山水两优，不仅山珍众多，渔业也发达，淡水鱼产量居全省之冠，其中鳙鱼（俗称胖头）产量很多，建瓯人对此鱼好像也情有独钟。他们用一种叫弓鱼的绝技能使鱼在离水运输中保持新鲜，更能退去鱼身上的泥土味，增加鱼肉的鲜嫩感。用鳙鱼制成的滚鱼头汤清淳不腻，口感柔滑，与糖醋鱼蛋汤之味不同，特别是在酒高味厚之时，来一碗"滚胖头"，定会让你口味一新，爽口开胃，妙不可言。

建瓯的餐桌美食名目很多，以上列举介绍的只是本人熟悉并喜欢的几道佳肴，还有诸如"炒三冬""酒糟泽泻""膀蹄""春盘""苦瓜羹""粉丸""大肠炒光饼""揽鱼汤""尾骨汤"等等,都是建瓯相当美味的特色菜。另外,建瓯的素菜也是可圈可点,除了一般主妇都会烧制的家常素菜外,另一种办"斋酒"的素菜,其逼真的各类如鸡、鸭、鱼等的假状和精美的口味也常令人难忘。

考究的建瓯菜的确是让人称道的。但建瓯食俗中最能诱人垂涎的还在那些不登大雅之堂的风味小吃上。

先说说四季都有的建瓯小吃吧。外地人来建瓯做客,主人家早餐一般都不做饭,他会带你随便走到街头巷尾的哪个粉面店里,那里熙熙攘攘的全是左邻右舍来店里吃早的人。店里主供面条、粉条和"豆腐酿"(豆浆),清香爽口、滑溜多味的建瓯"豆腐酿粉"在这里你可以随便享用,边上还给你准备好了"灯盏糕"、油条等小吃。吃完后你给店老板报个价,老板笑呵呵地收下你的钱,从不担心被人多吃少给。

建瓯城里的小吃店在城区次干道或是背街小巷上一般都有,种类也丰富。有"光饼"店。建瓯光饼相传是抗倭名将戚继光传给建瓯人民的,其特色独具,市场上常见的有"光饼""光肉饼""芝麻肉饼"等三种,色美、味香、咸且脆,嚼后有甜味。有"扁食"店。当地人管扁食也叫扁肉，北方叫馄饨。尽管各地都有，比较普遍，但由于建瓯扁食的加工烹调方法与众不同，别具风格，故其味香嫩酸甜，吃起来美味畅爽，相比闻名天下的沙县扁肉我个人觉得建瓯扁食会更加有味。有"夹鞑子"店。夹鞑子，又名"芋饺"，绝对的建瓯当地土产，它用猪腿肉制成肉酱，包入芋粉皮中捏成三角星形下沸锅煮熟，可以就调料干食，也可以下高汤食用，吃起来软滑清爽，馅香脆口。有"大肠粿"店。用米浆制成小圆粿片，与猪大肠一道加调味及桂叶同蒸，食用时挟出粿片，取出大肠剪成筒状装碗，加上调味，粿片软而韧，大肠鲜脆而无腥臭，味香鲜，油而不腻。另外像"锅边粿"店、"糕饼"店、"卤味"店、"丸仔"店等还有很多，就不再一一列举了。

建瓯小吃还有很多是常年在大街小巷的流动摊点上叫卖的，叫得比较欢的有："烧白粿""蒙糕""粿包""豆腐仔"等等，都是不错的美味。

应时令而出的季节性小吃在建瓯也非常丰富。这里自古是农业大县，又兼千年建州，理学名城的浸润，民众可谓富足而儒雅，如何把果实变着花样的来食用成了他们的习惯。

冬春两季，以主食大米为原料的小吃就多了去了。有寓意年年高升的"年糕"，有印有福禄寿喜字样花纹的"粳米粿"，有庆丰收的"麻子糍"和"豆沙糍"，还有"蓬花""粿丕仔""春卷""麦芽糖"等等。以御寒养生为主的小吃也不少，如"姜汤糯米丸""大肠烫猪血"。另外，建瓯民间还有很多药膳性质的小吃，如"牛奶仔根"煲鸡、鸭、蹄爪等，既多也杂，就不多叙了。

夏季天热，建瓯有两种类似果冻的小吃是解暑驱热的佳品，一种叫"仙人菜"，另外一种叫"凉粉仔"，吃起来比任何冷饮都舒服。秋收季节，收成多，小吃自然也丰富。以禽畜类为主料的如"牛杂煲""下水煲""白玉带"（鸭肠），以粮果类为主料的如"爆玉米花""甜珠粿""苦珠糕片"等等。还有很多没有提到的，一些是已经成了记忆的，现在多已绝迹的；一些是本人实非专业食家，所知有限之故。

为了应不时之需，持家的建瓯人能把一些剩余的食物也保存成可口的美味。如今在建瓯的农村还流传着一些腌制及熏制的小菜，像"醇姜""醇笋""醇蛋""腌菜""香肠""腊肉""豆乳"等，虽口味很重，但风味独特，口感极佳，是居家早点及大餐宴席的绝好佐餐小碟。

或许是食美饮必佳吧，建瓯也是善产佳饮之地。建瓯素有茶乡酒城的美誉，说到茶，尽管"建溪官茶天下绝"的"北苑御茶"时代已经远去，但现今的"矮脚乌龙""水仙"等仍是建瓯闻名于世的名茶。讲到酒，建瓯人总能露出自豪的神色，假若你来建瓯做客，经济条件好的主人一定会用同样已是闻名于世的"福茅"或"双龙戏珠"酒来款待你，经济条件一般的也不可能把你冷落，他们会拿出价格实惠但品质优良的精制米烧或家酿红酒来招待你，直到把你醉倒在摆满一桌美食的盛情里。

建瓯的美食实可谓又多又好，如果把它们集中起来展示，就其名目、品质来说足可装备一次大型美食节了。

2011 年 12 月 8 日

念亲恩

一

相对于父亲来说，我对母亲的惦念会更多。

母亲姓张，生于 20 世纪 20 年代，14 岁那年被我的外公叫人用一抬水轿抬到邻村余姓人家里做了童养媳。余家的儿子（按辈分我应叫他大爹）是村子里大户人家的孩子，据说骠勇而好事。母亲 17 岁上生下我余姓大哥，那时大爹正帮闽北陈牯佬的游击队做事，为了躲避敌匪总带着妻儿流离于闽浙边界的山村里。原本想给女儿找个好人家过上好日子的外公，怎么也没想到因为女婿的革命冲动给女儿带来了更加不安生的生活——担惊受怕跟着东躲西藏的丈夫艰难度日。

终于在一个风冷的深夜，大门踢开，后门被堵，一帮敌匪闯进了母亲的住所。在弱妇惊恐的目光和幼儿裂肺的哭声中，大爹从被窝里被他们强行拖出带走。刑场很近，当我那惊魂未定的还是孩子年龄的母亲凌晨寻夫走到村头时，看到两颗被枭下的首级正挂在竹尾叉上，其中一个正是我余大爹的。不知道是不是这次的惊吓和眼泪弄坏了她的泪腺，母亲此后很少掉泪。

那二位被敌斩首的好汉是陈牯佬的通信员。尽管大爹至今未被列入革命者名列，但在我心中，他和那些捐躯的先烈一样，是英雄！母亲终其一生默默抚育着大爹的子孙，直到临终她也不明白后来政策上有个叫作烈属的群体，而她实际上是一个多么名副其实的烈属。

母亲拉扯着孩子颠沛辛劳了数年后，24岁那年拖着油瓶的她嫁给了一个阴阳婆婆的儿子，也就是我的二爹，是个体弱多病的人。那时全国刚解放，在偏僻的闽北山村阴阳婆婆的生意还不错（小时候我看到她的宝剑就相当的考究），只是因为二爹是个病秧子，老人家才同意了母亲进家门。婆婆忙于法事不善农耕及家务，二爹体弱自是悠闲，母亲在家起早摸黑，孝悌力田。婆婆对母亲无怨的劳作甚为欢喜，一家人虽各有劳顿，却也其乐融融。不久，母亲诞下我的大姐。

祸就像个幽灵，总纠缠着我命运多舛的母亲。平静的生活没过多久，一场大病夺去了二爹原本就飘摇的命。

阴阳婆婆一生请神驱鬼，为人除病消灾，到头来却保不了儿子，白发人送走黑发人之后，婆婆精神恍惚，从此宝剑入鞘，不问法事。连遭丧夫之难的母亲其凄入肝脾之痛非常人可堪，寥落无靠的她后来事婆如母，带着两个异姓子女，用她单薄的肩膀担起了所有的生活。

二

我的父亲是母亲的第三任丈夫，也是个苦命人。他上过点私塾，喜欢讲点仁义礼智，健壮而耿直。他第一次离家是被国民党军当壮丁抓去的，据说因为能干还当上了排长，又由于思母心切和不当自己人炮灰的想法，便在大军南撤的行军途中，瞅准了一次机会，毅然脱掉那身美式装备逃遁。历尽千辛回到家后，我的奶奶让他做了两件事。一件是让父亲用斧头砍下自己右手的食指。据说奶奶用草药给父亲包好伤口后对他说："儿啊，不要怪我心狠，我知道你疼，但如果你再被抓壮丁，就会殁了！今天你断了食指，不会再勾枪了，你不会再是壮丁了。"父亲断指的故事我打小耳熟能详，小时候看到父亲的断指总会联想到那把带血的斧头，感到一阵莫名的疼痛和害怕。为了不让我的父亲因逃兵的罪名被抓，奶奶要父亲做的另一件事就是再一次离家，投奔到亲戚家里做长工。那时天下乱象，父亲没得选择，只好遵从母命离家谋生。不久，寡居多年的奶奶也改嫁他乡，此后我们家人在祖地杳无音信。

父亲在亲戚家里帮工没多久闽北解放了。他在当地留了下来，50年代初他入了党，生产劳动他无比积极，不计轻重，不觉有累。村里现在还流传着"痴（傻笨）人不怕再（多）岁"的故事，说的是别人笑他在一次扛木劳动中，人家是一次一根轻轻松松，他是每次三根汗流浃背，笑他这么大岁了还那么痴。故事至今还深烙在我的心里，父亲按自己的原则做事，活得很真实，我觉得这跟痴不相干，笑他的人在我看来倒像是一群爱耍小聪明的跳梁小丑。父亲一生对共产党、毛主席心存感恩，总说是党和毛主席把他救出了苦海，尽心尽力地做人做事是人的根本。

经人介绍，当时已大龄的父亲和带着两个子女的母亲走到了一起，母亲迈进她的第三次婚姻生活。有了父亲的依伴，此后接二连三地生下了我们五个兄弟姐妹，到我这幺儿出生时，父亲50岁，母亲43岁。

三

我们家渐渐枝繁叶茂了。革命后代余大哥娶妻生子立了家,道婆后人我的大姐招婿入门自立门户也续了香火,我们五个兄弟姐妹都平安健康地成长起来。往事能记下的不多了,父亲的严厉如陈年的账已渐模糊,而关于母亲的一些印记随着我年龄的增长倒变得深刻而清晰起来。

母亲极平凡,身材瘦小,言语朴实,小时候我甚至觉得她过于软弱和木讷。她从不和街坊邻居争吵,她说她不会吵,因为哪怕自己有理,一吵架也会觉得理亏。她也不斥责自己的家人,父亲有时骂她她也是默默忍受,从不还口,父亲就说她是个"柴头"。那时好玩耍,伙伴们总多事,有时我把人家欺负了,她跟人家赔礼时从不辩驳自己孩子有得理的地方,回家后她不骂我,只是说:"如果人家也这样打你呢?"有时人家把我给欺负了,打得我鼻孔直流血,她既不骂我也不骂人家,只用一只手托着我的下巴让我的头高高仰起,一只手扶着我的背慢慢地引我到家,然后轻轻地给我清理血迹,无泪好像也不心疼,哀哀着说:"如果今天是你把人家打了就不好了。"我那时很不服气,不懂为何母亲总是要软弱得让自己人委屈,甚至觉得她是不是糊涂了。可也奇怪,母亲越是柔弱孩子们的性格却越是硬朗,好像要跟她做对头似的。

在那个年代里,为了多赚几个工分,母亲既要操持家务还要下地劳动,我们兄弟姐妹几个的接连出生更是掏尽了她的心血。那年,据说因为没有坐好我出生的那个月子,母亲后来留下了严重的哮喘病。我记事起,每到冬天,她便早晚粗喘和咳嗽,天天都要喘到半夜,偶伴几声捶胸的干咳,却是听不见她半句痛苦呻吟。那时,我很害怕母亲会否因为喘不过来而突然死去,总是祈愿冬天快快过去而暖天快快到来。也许还是劫难未尽吧,她病弱的身体虽坚强地挺过了一个个冰冷的冬日,健壮的父亲却出事了。我初中一年的那年暑假,父亲意外离世而去,全家像失去了屏障,没了头心骨。干啼湿哭中母亲银发披麻,迈着已渐蹒跚的脚步送走了她生命中的第三位夫君。此后,如秋扇见捐的她在二十来个风烛残年里少了一个早晚嘘寒问暖的人,尽管我们也总把孝道挂在嘴边。

父亲离开我们后家里的日子急转如下,我在外求学的那几年，厚道的哥哥姐姐们虽也常接济于我，但彼此牛衣岁月，也都捉襟见肘，所供有限。年事已高的母亲那时便常常白天给人捡茶针，晚上在家念诵些佛经卖给一些计划做法事的人家，一分一毛地积攒些钱假以哥哥的名义寄给我用。那时我不懂供我读书的钱里有她的心血，直到后来我才知道母亲那时一来是怕我缺钱受委屈又会拒绝用她的劳命钱，二来也是为了加深我们兄弟的感情，才常常辛劳攒钱又二传于我。自以为是的我那时怎么也没想到貌似糊涂的她会有如此心机。

参加工作后的前几年，因为工作单位离家很近，我得空也总回家侍奉母亲，朋友们还给了个孝子的雅号（现在想来直觉惭愧）。母亲其实没多少要求，给钱她总花不掉，就散给孙辈们。给物嘛，吃的就叫上大家一起，用的则常常压在箱底。她那时是开心的，但好像不是因为我孝敬了她什么，而是村里人都说她好福气，生了个孝顺的儿子。不久，组织上要调我到一个离家很远的地方去工作，回家和她商谈，她不假思索的样子回我："男人家出门好，出去才能多做点事。"这话要是搁在别人家似乎也没什么稀奇，那时哥哥姐姐们都已各自成家，他们自顾不暇，病弱的母亲其实很少得到孩子们的照顾，我若远离，她一定会更加孤寂和缺少关爱。尽管出外工作亦我心所愿（回家商谈只是一种先斩后奏式的通报罢了），但我还是没想到她的回答会是那么的毫不犹豫。对母亲的意见我除了感受到她不同于一般乡野妇人的气度外，只在心里暗揣她也许一贯糊涂而使感情也木讷了吧，所以对我是否留在身边才显得漫不经心。就这样，我带着了无牵挂的心离开她到外地工作去了。

几年后的一个回家探亲的冬夜，我小心翼翼地服侍一直孤身一人的母亲（那时哥哥们已外出创业，侄辈们也都在外学习）躺下休息时，她的话匣子好像突然多了起来。"中仔，没有人会不想自己的孩子在身边啊，你在外的这些年，我常常会想着想着就失眠了——你心直，脾气不好，总怕你会吃亏！我就天天念经，想着只有求佛来保佑你们了。"她说。

"那您跟我一起吧！"我说。

"我在这里习惯了，去你那里我不过得住的。"

"您不会是怕拖累我吧，没关系，媳妇也孝顺您的！"

"我吃的跟你们不一样，麻烦……"微弱的灯光下，我看见她轻轻地抬起一只手，用指头在眼角边擦拭了几下。

"听说隔壁的老郑被上面评上了什么五老,不知你余大爹有没有份?"她好像突然记起了什么似的说。

"现在陈牯佬已经死了,没人知道大爹的事的。"我解释道。

"算了!都过去了那么久了,现在平安就好……"

我静静地听着她讲,还包括一些邻里长短的家常,双手紧紧地抱着她的一双干瘦的脚在胸前。那晚,我陪着母亲到了天亮。

日子过得很快,转眼儿子上幼儿园了。母亲终于答应到我的身边来与我们一起生活。我们按她的习惯给她布置了卧室,妻每餐也特意按她的口味给她煮几个菜。她没挑剔,只是虽年过古稀,也不见得闲住,争着要去接送孙子上学,为此我们把孩子放在了一个离家近的园里。我对妻说,近的园条件虽差些,但亲情的培育更重要。儿子很乖,从不嫌弃穿着土气而又老迈的奶奶来接送他,有时下班回家刚好会遇见他们,祖孙二人手牵手亲密的融融之情让我至今难忘。

母亲在我们家生活的那段日子里,帮我们解决了孩子的照看问题,让我们夫妻有了更多的精力投入到工作中去,也让我们感受到了亲情的温暖与珍贵,相信她也感受到了快乐和幸福。只是年岁总不饶人，她在随后的几年里身体已是每况愈下，便一反常态总嚷嚷着要回老家住（她其实怕生病拖累我们）。我不放心多病的她回到老家独自一人生活，就以各种理由挽留她。2003年初夏，我奉命将被派往一个偏远山村任下派村支书，母亲知道了，这次她没再给我机会，拖着衰弱的身体决然告别我们一家三口回到老家。

带着组织上的托付和对母亲的挂念我到了下派村。农村的工作艰苦而具体，沉下去后连周末也常回不了家，看望孤寂独居病弱的母亲更是难以顾及。就在村支部选举的前两天（我下派后的三个多月），我接到从外地赶回家的大哥的电话："母亲病危！"由于马上就要进行选举，加之下派村的选举具有非同一般的典范性，不能出半点纰漏，千头万绪的工作必须抓实抓好，我没办法离开岗位。我给大哥回了电话，告诉他两天后我才能回，请照顾好母亲。

在夜以继日的精细工作中，我度过了背着忠孝不能两全重负的两日。选举那天很顺利，中午当大家为选举成功而举杯相庆时，我悄然离席，往母亲的方向骑上摩托车急驰而去。

四

下午2点左右，我赶到了老家。母亲还在！半躺在一张铺着厚毯的竹椅上，形容枯槁，言语模糊，难以想见那是几个月前与我们在一起时的她。

傍晚时分，她突然想要吃点东西，眼睛也亮堂起来（已是回光返照之象）。我走上前去半跪在她身边，握着她的一只手，她示意我把头靠近她，我听到了她断续且模糊的声音："你……来了……好！好好做事……什么时候来，都……没……事。"我难控泪水，紧紧地抱着轻如蝉壳的她，耳边是大家"坚强些，您没事的"之类的哽咽声。没多久，和我相握着的母亲的手突然抽了一下——我知道，她已在那时那刻远离我们而去了。

母亲离世时兄姐们都随侍在侧，只是大家也都是在她病危的那几天才从各地赶回家来。丧事办得很热闹，村里人又说母亲命好，子孙都来送终了。

命好！也许母亲和村里人一样也觉得自己命好，她离开我们时就显得非常安详。只是细细想想，一个经历战争摧残，数次人亡家破，无私抚育成群的血统各异的子孙，晚年因不拖累子女宁愿孤寂待死的人，是一定不会在乎临终时子女是否绕膝而侍,更不会在乎村里人是否给"命好"的评价的。

母亲并不木讷!木讷的是我们这些所谓忙碌的子女。母亲一生如桃李不言般的爱,一直都在为我们铺就着一条条飘满芬芳的路。

母恩浩荡——我们在她的墓碑上刻下了这句碑文!

2011 年母亲节

水漫芝城记

1998年6月,我居住的建瓯城爆发了一场百年不遇的洪灾。

那是第16届世界杯足球赛鏖战正酣的夜晚。闽北的暴雨已经持续了一个多月,察院路上我住的那栋旧泥瓦房到处漏起了水。我一边接水一边看球赛,全然不知山洪即将漫城。

清晨5时许,才入睡不久的我被叫声吵醒。"做大水啰!""做大水啰!"街坊邻居的呼喊紧张而尖锐。我慌忙起身大步跑出门去查看水情。察院路紧临松溪,洪水就在我脚下数米处,举目已是汪洋一片。水面上好多漂浮物,有圆木、死猪、散架的屋构,还有连根拔起的树……众人在七嘴八舌:

"上游肯定有厝被冲走了。"

"水还在涨!"

"再涨不会超过1982年。"

……

1982年？听内兄说过1982年建瓯做过大水，那是他那代人见过的最大的水。那场大水没过了察院路一米深，我们住的房子的客厅当年也浸了半米。为了保险，我和妻开始把可搬动的东西都弄到了阁楼上，心想比1982年的再大些也不怕了。

一小时后，洪水贴着地面漫入屋来。

泥瓦房不经水泡的。我们抱着才两岁多的儿子转移到邻居黄医生家那栋三层半高的砖混房中。

9时许，大水突破了1982年的水位。

12时左右，水漫过了医生家的二楼。

所有住在泥瓦房里的那些原本打算在自家阁楼里避难的人都出来逃命了。他们纷纷弃守老屋，寻找街上那时还为数不多的砖混房。

黄医生家俨然成了海中的一座生命孤岛。

有游水来的，有浮着木板来的，有坐在脚盆里来的，有吊着绳子翻墙踩着屋面来的，妇孺老幼青壮无人例外。我们都很友善，伸手牵引，抛物牵引，下水牵引，只要能拉上砖混房来就救了人，全不管脚下房子的负荷已是极限。

响起了噼噼啪啪的声音，那是泥瓦房的倒塌声。

大水还在一个劲儿地往上涨。医生家的三楼也被淹没了，困在楼中的近百人被逼上了无处可逃的半层楼及屋顶的瓦片上。小楼占地不到50平方米，孤单地立在滔滔汪洋中，随时有被吞没的可能。

无人来救！行走在大河上的冲锋舟们应不暇接，它们在抢救那些更需抢救的，尽管我们已岌岌可危。

夜，降临了。紧张焦虑了一天的困客们似乎也疲惫了，四周一片死寂。而水还在沿着楼梯缓缓上爬。医生用家里仅剩的一些米熬成稀饭给大家充饥，分量不够，大家都谦让着，我将仅有的份额给了妻儿，可我却无法给他们以平安。我拿出包里的衣巾，将儿子紧紧地包在胸口上，对妻说："我会尽力护着他！"妻不会水，也知我水性有限，既然无法相顾，也只能如此了。听天由命吧！我们一家三口无助地等待着那个最后时刻。

凌晨2时许，有人高喊："水降了！"我兴奋地跑去楼梯看，果然见到了楼梯上有退去的水痕。

悬吊着的心终于放了下来。

然而，很快又听到四处凄厉的喊声："灭火烛啊！有汽油。"我一闻，果然洪水中混杂有大量的汽油味——

是东门外加油站油库的油泄漏了，汽油躺在水面上铺天盖地灌满了全城。

恐惧重新包裹了我的心。除了灭掉火烛已无良策，汪洋中各座孤岛上的明火很快接二连三地熄灭。

恐惧却无法熄灭！我在默祷，也只能是默祷。

又是个清晨5时许，大水终于全部退去。大家安全了！虽灰头土脸，内心显然是重生的喜悦。

接下来是重建家园的那些常规事，没什么特别值得惦记的。洪水漫城的那天那夜，才是我的终生难忘。

难忘洪暴的无情，难忘人的脆弱和自然的可畏，难忘近死时的无助与绝望，难忘共济时的友善和温情。

2016年1月1日

闻名遐迩的建安北苑

地处闽北中心的建瓯,常被人冠以"山川秀丽的绿色宝库,物产丰富的金瓯宝地"之美誉。这里丘陵起伏,土地膏腴,雨量充沛,十分适宜茶树生长。

由于自然条件的原因,早在战国末期就发现建州境内有野生茶树存在,到唐中期,茶圣陆羽在《茶经》中说建州之茶"往往得之,其味极佳",可见建茶在当时已颇具影响。尽管陆羽的《茶经》及裴汶的《茶述》都没有具体论及建茶,但并不影响建茶在唐末已跻身贡品之列。而五代之后,以建安凤凰山一带为中心的建安茶,已是声名鹊起,享誉全国。

据《古今图书集成》载:"张廷晖事闽为阁门使,家有茶焙,在建安凤凰山麓,周30里。龙启中后唐长兴四年(933),把茶山献给王氏。"《八闽通志》也有载:"恭利庙,在吉苑里。神姓张,名廷晖,字仲光。仕闽为阁门使。有园在北苑,周回三十余里,尽输之官,即今之茶焙是也。"

这是五代时期建安人张廷晖献茶山为官的那段历史记载。张廷晖初为茶园主，闽帝（时为王延钧）为了要他的那片茶园，给了个阁门使的官让他做。正是张的这片茶园，到北宋太平兴国二年（977），被宋廷定为御焙，以地势北向，称为北苑，北苑之名因此而来。

令人意想不到的是，这片地处建安县的皇家茶园及其所产的茶品，在宋代会像众星拱月一样被世人追捧成了风光无限的明星。

明星都有个成长的过程，而北苑也不出其外。

先来看看以凤凰山麓为中心的建安北苑究竟是个什么样的育茶之地。

宋代建安县人宋子安写的茶学名著《东溪试茶录》有这样的记载：

> 北苑西距建安之洄溪二十里而近，东至东宫百里而遥。姬名有三十六，东宫其一也。过洄溪，逾东宫则仅能成饼耳，独北苑连属诸山者最胜。北苑前枕溪流，并涉数里，茶皆气弇然，色浊味尤薄恶，况其远者乎！亦犹桔过淮为枳也。近蔡公作《茶录》，亦云隔溪诸山，虽及

时加意制造，色味皆重矣。今北苑焙，风气亦殊，先春朝霁常雨，霁则雾露昏蒸，昼午犹寒，故茶宜之。茶宜高山之阴，而喜日阳之早。自北苑凤山直苦竹园头，东南属张坑头，皆高远，先阳处，岁发常早，芽极肥乳，非民间所比。次出壑源岭高土决地，茶味甲于诸焙。丁谓亦云：凤山高不百丈，无危峰绝崦，而冈阜环抱，气势柔秀，宜乎嘉植灵卉之所发也。又以建安茶品，甲于天下，凝山川至灵之卉，天地始和之气，尽此茶矣。又论石乳，出壑岭断崖之间，盖草木之仙骨。

北苑的茶所以能成为极品，看来首先与它的地理条件有关。这里前枕松溪，后连诸山，冈阜环抱，气势柔秀，秋冬多雾，夏无酷暑，的确是个种茶的好地方。

北苑的茶树也与其他地方不一样。

北宋科学家沈括的《梦溪笔谈》有说："建茶皆乔木，吴蜀淮南唯丛茭而已。"宋人庄绰的《鸡肋编》也说："茶树高丈余者极难得，其大树二月初因雷进出白芽，肥大长半寸许，采之浸水中，俟及半斤，方剥去外包，取其心如针细，仅可蒸研以成一胯，故谓之水芽（北苑独特的一种茶品）。"

可见，当时的北苑有高达丈余的茶树。这是相当罕见的茶树佳种，如今中国的茶树都为灌木，乔木类的茶树现已基本绝种，这种稀有的茶树，也是北苑茶品胜过他处的原因。

北苑的茶农在茶树的培育上还显得独到而智慧。

据时任福建转运司主管帐司的南宋人赵汝砺所著的《北苑别录》载："草木至夏益盛，故欲导生长之气，以渗雨露之泽。每岁六月兴工，虚其本，培其土，滋蔓之草，遏郁之木，悉用除之，正所以导生长之气，而渗雨露之泽也。此谓之开畬。"建安人是勤劳的，为了让茶树优化生长，他们每年都要在夏季"开畬"的时候，花大量的劳力培土除草，养护茶山。

《北苑别录》还说："唯桐木得留焉。桐木之性与茶相宜，而又茶至冬畏寒，桐木望秋而先落，茶至夏而畏日，桐木至春而渐茂，理亦然也。"培土除山的茶农着意在茶山里种下了桐木，因为他们知道夏季茂盛的桐木可以为茶树遮阴，而冬季落叶的桐木又不会挡住茶树的阳光，建安茶农对茶树的养护可谓用心。

这些优越的产茶因素，无异为北苑的成名插上了翅膀，北苑很快就从张廷晖的凤凰山走出来，成了名扬天下的胜地。

早在南唐统治建州的时候，朝廷每年都要组织建州六县的民众到建安县来采茶，规模庞大的茶叶生产让建安的凤凰山早已为闽人所牢记。

北宋太平兴国初，这片优质的茶园被收为御焙后，北苑开始制造历史上著名的龙凤茶。为了防止滥造，做出精品，宋廷"免五县茶民，专以建安一县民力裁足之，而除其口率泉。"专才能出精品，为了避免人多杂乱，朝廷辞去了之前的各县茶农，专门雇请建安县的茶民来负责做茶，而为了减轻建安县专任茶民的负担，朝廷还免去了建安县民的"口率泉"。所谓"口率泉"，就是一种身丁钱，一年要上缴数百钱的额，是很沉重的负担。

宋廷的又"专"又"免"政策，目的自然是让建安县的茶民们能专心服务于北苑官焙的工作，表明了朝廷对北苑茶焙的高度重视。

北苑自此进入宋代高层的视野，由建安人精心制作的北苑茶开始慢慢变成世人热捧的珍宝。

北宋末年建安茶官熊蕃所著的《宣和北苑贡茶录》记录了北苑人的那段精益求精的造茶历程：

"五代之末，建属南唐，岁率诸县民，采茶北苑，初造研膏，继造蜡面，既又造其佳者曰京铤。"

被宋廷收为御焙之前，凤凰山麓所造的茶品，叫研膏、蜡面，而一种生长在石崖上的茶树所产的茶则叫京铤，是上好的茶。

"太平兴国初，特制龙凤模，遣使即北苑造团茶，以别庶饮。"

皇室的茶饮是不能与庶民一样的。宋初，北苑开始了专供宫廷饮用的龙凤茶制作。

"庆历中，蔡君谟将漕，创造小龙团以进，被旨仍岁贡之。"

福建转运使蔡襄那时驻节在建安县，他所制作的小龙团茶因极其精妙，获皇帝下旨取代龙凤团茶，此后每年以小龙凤专贡。

"自小团出，而龙凤遂为次矣。"

精妙无比的小龙团茶想必一定是令皇帝龙颜大悦，小团瞬时贵重如金。朝野之中，如觅珍宝。宋代文豪欧阳修在他的《归田录》里道出了实情："茶之品，莫贵于龙凤，谓之小团，凡二十八片，重一斤，其价值金二两。然金可有，而茶不可得。尝南郊致斋，两府共赐一饼，四人分之。宫人往往镂金花其上，盖贵重如此。"

"金可有,而茶不可得!"这就是建安北苑制作的小龙凤当年的宣传广告语,代言人为一代文豪欧阳文忠。

"元丰间,有旨造蜜云龙,其品又加于小团之上。"建安茶民对茶品质量的追求没有止步。

"绍圣间,改为瑞云翔龙。"

北苑茶人对茶品的改良和提高也相当自觉。

"至大观初,今上亲制《茶论》二十篇,以白茶与常茶不同,偶然生出,非人力可致,于是白茶遂为第一。"

风流倜傥的宋徽宗赵佶由于热爱北苑的建茶,按捺不住对北苑茶研究的冲动,御笔亲书,写下了那篇著名的《大观茶论》,其首推的白茶遂成为天下第一。

建安县的北苑无疑是幸运的。《大观茶论》就像一个强力招牌,既权威又时尚,由一代帝王引领着国人来关注建安,研究北苑,建安的北苑至此已海内皆知,天下扬名。

精益求精的建安人并没有止步在皇帝的盛誉前。此后,北苑的精品依旧层出不穷:

有大观初年的"三色细芽",有状如雀舌的"小芽",有一枪一旗的"拣芽",有一芽带两叶的"紫芽"。曾任宋朝宰相的韩绛有诗赞拣芽:"一枪已笑将成叶，百草皆羞未敢花。"

建茶还在继续推出极品：

宣和年间，漕官郑可简又创出一种叫"银线水芽"的珍品，因其"光明莹洁，似有小龙蜿蜒其上"，所以又叫"龙园胜雪"。

"盖茶之妙，至胜雪极矣，故合为首冠。"

"龙园胜雪"是建茶鼎盛时期的极品。《宣和北苑贡茶录》的记事止于北宋末年，而事实上，建茶在南宋之后还有不少珍品推出。据《宋茶名录》统计，两宋320年间，全国生产的300多个茶叶品目排行中，从第1到第63名的是今建瓯市境内所产的茶，第64名是今武夷山所产的茶，第65到第80名的又是建瓯境内的茶，其受国人的热捧经久不衰，一直到明朝初年才渐渐褪去。

堪称茶界常青树的建安北苑，因其精妙的茶品在两宋时期呈现了空前绝后的繁华盛况：

首先是官私茶焙大量涌现。

太平兴国二年（977），宋廷下令迁唐代顾渚御焙于建安，北苑开始设立御焙。之后，北苑及其附近，公私茶焙，多时达到1333所，其中官焙就有32所。

其次是茶叶市场欣欣向荣。

宋初，建茶产量"每岁不过五六万斤"。而到了神宗元丰七年（1084），"建州岁出茶不下三百万斤"。宋代的建茶官焙最初是专为贡茶生产而设立的，其生产的茶品在质而不在量，建茶产量后来所以能得到飞速提高，主要得力于大量民营茶焙的发展。民营茶焙的壮大，一方面是因为精妙的贡茶那时已经无法满足朝野上下士大夫们的热切需求，欧阳修所说"金可有，而茶不可得"就是那个时代北苑贡茶稀少难求的真实反映。必须要有足够的补充才能解决需大于供的矛盾，于是，部分私茶被挑选进入了官焙的茶仓。另一方面，民间对建茶的推崇随着那些达官贵人的吹捧也在不断升温，只要是建安县产的茶，不管是否为贡品都是响当当的好货，黄庭坚说的"莫遣沙溪来乱真"，指的就是出自沙溪私焙的茶几乎能以假乱真。于是，私焙崛起。民间茶叶贸易在以北苑为中心的建安县境内迅猛火爆起来，1300所的私焙就是1300个茶叶交易所，海内外前往建安的茶贩摩肩接踵，人流如织。

第三是宋廷在北苑修建了大量精美建筑。

先是宋代福建路的转运使司因建州物产丰饶而驻节于建州，其衙署即（漕司行衙）便设在州城。后来，北宋诸帝因感于建茶产地北苑的精灵，于是大兴土木，在北苑修起了规模壮观的楼阁亭榭。据《八闽通志·公署》载，当年在以北苑为中心的凤凰山麓松溪两岸，鳞次栉比一片茶城。共建有茶堂、星辉馆、御泉亭、御茶亭、凤山阁、茶场、清风仪门、茶焙、库房、门楼等群体建筑，还建有红云岛、龙凤池等供茶官与贸易者游玩的名胜。历尽华年，尽管如今已经看不见当年凤凰山下那些精妙绝伦的宋代建筑，脚下那一片片厚实的残砖断瓦至今还遗留着宋人优雅的气息。

昔日皇恩之下的这片产茶胜地该有着多少迷人的风光啊！诗文有意，《建瓯茶文化经典》收集的数百首流传于世的建茶诗词，可以帮助人们回忆宋朝茶味香醇与楼阁精美的北苑端倪。

北宋庆历年间，一个叫柯适的漕运司官员为后人留下了永久的石刻：

建州东凤凰山，阙植宜茶，惟北苑。太平兴国初，始为御焙，岁贡龙凤上。东东宫，西幽湖，南新会，北溪，属三十二焙。有署暨亭榭，中曰：御茶堂。后坎泉甘，宗之曰：御泉。前引二泉，曰：龙凤池。庆历戊子仲春朔柯适记。

茶妙、地美、人旺的北苑,就是宋朝南方的一颗耀眼明星。

因为是明星的产地,建安也成了明星。

摘自作者的《建安纪事》

我比任何时候更懂你

——从奥运英雄刘长春到苏炳添

2021年8月8日,随着燃烧在东京新国立竞技场的奥运圣火缓缓熄灭,东京奥运会正式落下帷幕。

从7月23日开始至8月8日结束,在克服新冠疫情带来的不便条件下,历时17天的第32届奥运会取得了圆满成功。闭幕式开始后,各代表团旗手们高擎旗帜陆续入场。中国百米短跑运动员苏炳添是中国代表团闭幕式旗手,只见他举起五星红旗,自信而洒脱,向世界展示了中国体育健儿的风采。本届奥运会,苏炳添以9秒83打破亚洲纪录的成绩进入男子百米决赛,并最终获得第六名,实现亚洲前无古人的历史突破。

有人说,田径是运动的王者,而百米又是田径的王者。毫不夸张地说,在奥运田径赛场上进入百米决赛的八位选手那都是特殊材料熔铸而成的,他们是真正意义上的人间飞人!

中国人自古就有日行千里、飞檐走壁、轻功了得之说。说的其实是一种崇尚英雄的气魄，一种向往和追求突破人类极限的能力，这种气魄和能力一直以来都深深刻印在每一个中国人的心中。无论成功和失败，从来不曾放弃。

1932年，中国第一次派员前往洛杉矶参加第十届奥运会。那时的中国体育代表团仅有6人组成，仅有一名运动员参战。这名运动员叫刘长春，他的参赛项目是100米和200米短跑。此前，刘长春的百米训练成绩多次达到10秒08，这个成绩也是第九届奥运会的百米冠军成绩，按其能力有望拿牌。刘长春是东北人，那时的东北已经被日寇占领。刘长春先是拒绝为伪满洲国出战奥运，他厌弃日本人，不愿为其傀儡国做事。随后他选择为祖国而战，选择只身前往奥运赛场。尽管中国体育代表团人数孤单得令人心酸，但却是苦难深重之下的中国第一次派出的奥运队伍。因为刘长春的出现，中国人抹去了自1894年以来不懂奥运为何物的耻辱。即使单刀赴会，刘长春的出场也令人感动得热泪盈眶。

刘长春在海上漂流了数月才到达洛杉矶。疲惫不堪的他最终以100米11秒预赛第5的成绩和200米21秒

09预赛第4的成绩止步奥运决赛赛道。天赋异禀的他最终没能实现为积贫积弱、战火遍地的国家争得荣誉。但是，他改写了自晚清以来的9次奥运会中国无人参赛的历史，他向世界宣告了一个声音："奥运会，中国人来了！"那时候的中国人，包括现在所有的中国人，相信都能读懂他：为精神而战！为骨气而战！

八十九年后的今天，在东京奥运会的百米赛场。一个叫苏炳添的广东青年，以俊朗而矫健的身姿跻身在混杂着非洲人遗传基因的决赛选手中，以刷新亚洲百米纪录9秒83的成绩挺进决赛。在灯光绚丽的百米决赛八人赛道上站在了最优的位置，要知道，这个位置只有半决赛第一的选手才有资格获得。这个位置不仅仅是中国人的骄傲，是整个亚洲的骄傲，也是所有黄色皮肤人类的骄傲。英国选手在第一次枪响时因为抢跑而被残酷地罚出场外，紧张是所有人那一刻都无法回避的。苏炳添则以实力和自信在享受着绝伦的比赛，他轻松自如，最终以第六名的世界百米飞人成绩向世界展示了中国人的力量和风采。那一刻，人们都读懂了他：为力量而战！为自信而战！

百年奥运的中国巨变，正如百年中国的社会巨变。

从刘长春到苏炳添,我们比任何时候都懂你:自强的你啊,一定有自信和充满力量的未来。

2021 年 8 月

有儿初长大

真的很开心，2013年的夏季。

从儿子考取全省理科113名的高分开始，到他提前批录取香港中文大学，喜悦一直陪伴着我的这个夏天。而就在前天，2013年中秋的前夜，他在香港给家里发来了一条短信："我入宋奖了！"喜悦再次充满我的心。

儿子所说的宋奖全名叫"宋庆龄基金会致远助学金项目"，是专门对国内赴港就读学子进行资金帮助的奖项。这是一项相当严格的项目，每年由北京总部派人到全国各地对当年赴港学子进行面试考核，然后收集学生资料到北京总部，由专家老师对候选学生进行全国性的筛选，确定获助的学生可得到宋庆龄基金会总额为20万元人民币的资助，而它的资助标准前提一定要是德才兼备的全优生，而后才是承受学费的困难生。

孩子很棒，表现在他的面试，他的历年获奖成绩，以及他的高考成绩和香港中文大学不凡的地位。而同样重要的，是他的自荐信和他的班主任老师对他的推荐信。

宋奖的挑选，绝不是单纯成绩优秀或是家庭困难这样简单，它似乎更钟情于内外兼修的青年才俊。感谢给予他健康成长的所有人和事。获得这样的奖学金，表明孩子获得了认可，认可他的学习、人品、思想及能力。

很开心，儿子已经初长大！

2013 年中秋

第二辑

诗歌选录

人有感而言发是天性
言发而不能尽则必发于吟咏
吟咏则必有身体及音响的律动
诗歌,于是产生

百年不易（组诗）

（一）来之不易

一百六十年前

有一批励精图治的爱国者

为了中国的器物之变

满怀自强的梦想

开启了洋务运动

那是发端于魏源《海国图志》的呐喊

有奕䜣的皇室督办

李鸿章的江南制造，左宗棠的马尾战船

还有大笔金钱购买的利炮钢枪……

然而，三十多年"师夷长技以制夷"的梦想

破灭成甲午年的悲伤

还有那四万万伍仟两白银的辛丑赔款

饥饿的国土被断了给养

人为刀俎我为鱼肉，看来并不全是器物之错

是制度之祸啊

于是，励精图治转向变革图存

一百一十年前

唤醒了公车慷慨上书

光绪百日捧毂推轮

华兴会光复会同盟会者前赴后继

直到辛亥革命的硝烟滚滚

古老的封建中国穿上了民主共和的新衣

只不过，改变的仅仅是皇帝的退位和剪去的长辫

有人窝藏帝王梦，有人亮着独裁心

还有趁火打劫的西方狼群

"无量金钱无量血，可怜购得假共和"

劫难无尽啊！一盘散沙的国土里淹没了青春

那个时候，有人开始思考何以能聚沙成塔

于是，一个叫陈独秀的人点燃了新文化的火

他要用燃烧的血液来激活病入膏肓的躯体

在这把火的指引下,一个叫李大钊的人

不顾生死地将马克思主义植入中国大地

每一次举动都那么另类惊人:

上海的《新青年》,北大的"德先生"和"赛先生"

宣传个性解放,反对旧传统,推行白话文

在充满奴性与放荡的黑夜里

如扑火的飞蛾

只为带来火种,为那身体进了民国

脑袋还留在帝制的人,烧尽沉疴痼疾

投身五四运动的都是爱国青年

卫国的将士却拿起刀枪欺负他们

民主和科学被专制囚禁了

救国的求索再一次走到十字路口

俄国的炮火照亮了远东的天

在痛彻了器物、制度、文化改良的失败后

成群结队的扑火者

像逐日的夸父踏上义无反顾的征程

以坚强的组织,革命的手段,按照共产主义者的理想

创建一个全新社会

渐渐云开日现

一百年前
在上海法租界的望志路
在嘉兴南湖的游船
代表全中国50位党员的12名舵手
扬起了中国共产党的追梦之帆

（二）立之不易

军阀们效仿诸侯为割据抢夺搞得生灵涂炭
在三民主义共识下
国共联合，决定以武力为民请战
激荡的黄埔军歌，胜利的北伐号角
军头兵痞们被震裂了肝胆
但是，人心叵测呀
革命尚未成功，手足开始相残
赢了上半场的国民党将枪口转向了共产党
流血的国家天昏地暗

只有武装革命，才能制胜反革命的武装

从血泊中站起来方才明白

"政权须由枪杆子中取得"

在饱受饥饿后才知道

进行土地革命，可以获取无穷的力量

苏区政权是燎原的星火

五次反"围剿"成了红军的练兵场

万里长征的绝唱至今荡气回肠

不走苏联的老路，自己也可以在陕北迎来曙光

凶残的倭寇又来了

他们的刺刀透骨冰凉

烧杀淫掠清野，只留哀鸿在焦土里啼血

为国效命，与敌作战

八路军新四军以土枪土炮浴血疆场

抗日救亡，统一战线

国共岂能兄弟阋墙

十四年的以弱击强赢来了日本无条件投降

重庆谈判有了和平建国的希望

蒋介石却自恃武力发动全面内战

以为几个月就能解决共军的他们得意忘形

忘记了穷兵黩武违背人心归向

辽沈、淮海、平津定了乾坤

共产党把"一盘散沙"聚成了塔，聚成了

不可战胜的中国力量

1949 年 10 月

古老的东方立起中国人新的模样

孱弱与战争留下了百孔千疮

还有美帝在朝鲜虎视眈眈

志愿军赶走了色厉内荏的纸老虎

百废待兴是再无外侮的河山

"三反""五反""土改""政改"

"整风""反右""纠左""文革"

建设全新的社会没有前人的版本

只有靠自己去寻求答案

每一次都是勇气与智慧的呕心沥血

每一步都是孤身探险的砥砺前行

再强的舵手也难免乏力偏航

唯有初心不改，宗旨不易

老百姓才是那载舟的大洋

"十年内乱"的结束

挽救了一度失去方向的党

拨乱反正是自我革新的本色

摒弃"两个凡是"重启了实事求是和解放思想

改革开放让扬起风帆的中国航船

以谦和与自信，勤奋和力量

驶向四面八方

（三）兴之不易

安徽小岗人拿十八颗手印以命相抵

赌来了中国农村勃勃生机

总设计师点石成金的布局

成就了经济特区中国大手笔

贫穷绝不是社会主义

市场经济也不是资本家的专利

苏联解体与东欧剧变

是他们自己迷失了自己

百年富强之路必须稳妥地"三步走"

诡异的风云恶毒的口水

只会让小丑们躁动不已

南方谈话像劲风扫掉了藩篱

什么姓资姓社,防左防右

只要遵循三个有利于

国家发展就是硬道理

百花竞放的江山

从此再无灰白沉默的土地

随着澳门的归来

曾经掳去的七子

回到了中国母亲怀里

20 年筚路蓝缕

有了话语世界的国力

新世纪新阶段迎来新挑战

唯记立党之本、执政之基、力量之源
以初心使命之不变应世界万变
"三个代表"是与时俱进的新要求
和谐社会须用"科学发展观"来构建
抗击非典
应对金融危机
遭遇汶川地震
可以抵制各种风险
神舟七号
北京奥运
在挑战中打开各种局面

穿过无数激流险滩
走过又快又好越过又好又快
承载着几辈人热望的接力棒
奔进了中国特色社会主义新时代
在这全新的波澜壮阔的赛场上
实现中华民族伟大复兴的大幕徐徐拉开
这是一场圆梦的奔跑
须有啃硬涉险的勇敢

才能冲破障碍

这是几代中华儿女的夙愿

唯有不负人民的我将无我

才能赢得未来

从八项规定、惩治腐败入手

宁可得罪千百人，坚决不负十四亿

从消除贫困、脱贫攻坚切入

决胜全面建成小康社会终于应诺而来

适应了新常态方能引领新常态

创新协调绿色开放共享，务以人民为中心

三去一降一补，不要只炒不住的房子

在新征程里夙夜为公的国家

牢牢锁定了全球经济的世界银牌

国富须军强，军强才国安

承平日久更需有钢铁国防

能战必胜的军队方能保社稷不改

面对世界百年未有之大变局

以构建人类命运共同体

共建"一带一路"

展现出外交史上有理有利、有力有节的中国气派

从"跟跑""并跑"到"领跑"
一去不返了积贫积弱的时代
充满道路、理论、制度和文化自信的脸上
处处喜笑颜开
一切早已开始，一切远未结束
何惧风吹浪打，乱云飞渡
只要初心不改，宗旨不易
都将继往开来

2021 年 5 月 20 日

假日

海天相连
恰似那蓝色的绝壁
何不把心儿腾空
随那潮水漫将去

年景如此美丽
不要埋头只在政务和古经里
松了弦挂上剑是为了涵养更出色的剑胆琴心
从来书生精六艺

无风的暮潮也会急
踏浪欢歌永远属于
心怀天际的你
岂能絮絮叨叨讲那愁恨几时极

家有诗书

心存仁义

那青山之外

烟远满目皆如碧

2021 年 10 月 5 日

井底的高人

我此刻所有的沉稳
都是因为最近遇到了井底的高人
那是一群有相当优越感的人
我不由得谦卑万分

他们阔论天下
却没有越过井口之大
他们互相抨击
仿佛宇宙已在此心

我曾试图跳进井底
去寻找他们的高见
在这潭历史厚重的池中
差点淹死了我的魂灵

在那个自缚的井中

高人们个个自得其乐

他们并不在乎一个谦卑的声音

在试图提示,天下何止井口之间

2021 年 7 月

离歌

——有感于发小失子之伤

生活
是条陌生的路
或直或曲,或平或岖
我们永远都无法预知它的轨迹

那些在太阳下眯着眼睛绽开的笑脸
那些蜷在被窝里总也叫不醒的酣睡
那些在迷离岁月中唱的一首首老歌
还有那些在暗夜盛放而在白天收起的忧伤

总要等到沦落在过往时
才会清晰起
曾经划在身体里的
有形与无形的痕

总有要被遗忘的

只不过是那些细枝末节

难以挥去的

是飘落在门前的荒凉

和你再也听不见的耳畔的呢喃

2011 年 11 月

盛夏的绸缪

少年之时
喜欢读书,喜欢嬉戏
特别喜欢在春夏之际
山里水里,阳光雨露里
刚强的柔软的顽劣的听话的
塑成率性的肌理
随那时光刻在了心底

最近几年
只喜欢读书,没有奢望
尤其在春夏之际
只在书房里燃一盘香
怕那酷暑灼伤
喝上几杯茶来陪伴时光

今年春夏

多风多雨，卷走了将开的将谢的花儿

唯留书中的玉英，心底的我

想问一下，有谁看见残花迟滞了夏天呢

那满目扶疏之间

遇见了少年时有关盛夏的绸缪

2021 年 6 月 26 日

送别

一个人最伟大的生计
莫过于送别每一天的你
留恋美好的过往固然美好
仅仅和憧憬幸福的未来一样
只需要做梦的力气

精致的别离
只属于自己和自己
它从不屑于轰轰烈烈
它是暗流涌动中
脱胎换骨的窒息

才下眉头的半秋
抬眼已是寒日
苟日新日日新呀

如此日新月异

岂能忤逆自然而无所不从其极

真正的别离

只和顽固的自己

它并不在乎吟秋颂雪

它是于无声处中

凤凰涅槃的神力

2021 年 10 月 8 日

父亲告诉我,世界好美

——为泉州欣佳宾馆倒塌的死难者

父亲告诉我,世界好美
桃红柳绿宿雨朝烟
家童未扫山客犹眠
还有落花和啼莺
自然如此拙璞如此
早已是前世遗老千年古玩
比不上钢筋铁骨楼高万丈
丹唇粉面画壁雕廊

感谢您带着我们来追随美好,父亲
我,五岁;妹,两岁
在钢筋铁骨压倒粉面雕廊的那一刻
您再也没有带我的力量
而我只能以不足五岁的臂膀

怀抱您两岁的幼女,我的妹妹
连同粉面雕廊变成废墟

那最后的一颤
我与妹妹紧紧相拥
却已此生不见
何止相距参商

2020 年 3 月 14 日

在善见塔上

随着登山的人群
许那已有凉意的夏风
把我带上善见塔的楼顶
汗湿了的内心忽然拔节出欲望
想飘过建溪挟你去远方

建溪早已不是古时的模样
远处的通仙门,崛起的房地产
五凤楼的轮廓在夜景灯中扑闪
只有茫茫的溪水和几只扑鱼的船
依然不紧不慢

夏风吹着不着调的歌,欢快地跑前跑后
想让大家爱上这座燥热的城
自媒体上的段子也来掺和

说这座城全是第一,无论历史还是眼前
望其项背的都轮不上青岛和厦门

此时最孤独的,是通济门和临江门的残砖
残砖说还有活在典籍里建安书院的门窗
门窗说还有书房里噬书如命的身影
一滴虫声就是一滴失宠的泪
洒在黑暗的残砖上无人看见

我选择坚守,在善见人间的善见塔上
遥望数百上千年前的故人
选择山路弯弯
不惧溪流险滩
过着实实在在的生活
以家园为基,梦想为柱
共同的方言为脊梁
不急不躁不佛系,共筑城市真正的荣光

也许,我的前世就是善见塔下的一块石头
哪怕粉碎和风化,也有善见的力量

让善见不再是建溪之上众人的奢侈

让残砖不再孤独

让典籍不再蒙灰

让生活充满善见

2021 年 7 月

植树

我有一棵苗木

想植成参天大树

有四季来约束

更有清新的阳光雨露

我有一棵苗木

可凭它长成爬藤或矮树

但凡无虫无害

我也欢喜不住

长一身真真切切

留一树清清淑淑

能在冰天雪地里冒芽

可在酷暑骄阳中翘楚

它需要土地的营养

也需要我的呵护

地球已过于喧嚣

我将如何选择为它培土

到天上去植吧

那里远离尘雾

可没了春夏秋冬的滋补

终是南柯梦树

那就到地狱去求符

带回鬼魅般的画纸

贴在稚嫩的苗上

不惧鸟追兽逐

2020 年 3 月 12 日

多幸运，曾有个我们

这世界有那么多人
多幸运曾有个我们
这悠长命运中的晨昏
常让我望远方出神

——引子

出神遥望的远方
是我一生理想
背井离乡，万水千山
转眼已见两鬓霜

飞扬的青春是烟霏过往
闪过的神光少年
还在桥上弹唱
那乡间路上

满地苔痕，蛙鸣蝉唱

带我回到出发的地方

远光中走来的

是你一身晴朗

长空皓月，春雨梨花

人间何处得飘然

光阴的长廊

熙熙攘攘

识得的依然是初度模样

多幸运啊

这世界曾有个我们

温暖在彼此梦乡

2022 年春节初二

新年游绸岭二首

（一）幸得不远复

岭绸旧村老，云淡客舍新。
古木断崖出，寒泉坊巷流。
门外有佛子，煮茶喊我喫。
仙人表诚意，幸得不远复。

（二）是时候了

有时候

我们常常忘了

山与水是自己的基因

忘了自然

忘了阴阳

忘了五行四季道德文章
只剩下功利在脑壳里

是时候了
需要常常记起
山的仁水的智
不是用来掩人耳目
是用来唤我们回归
去掉蒙蔽了身上居敬和致知的浊气
使良知永存心底

2022 年 1 月 3 日

逻辑

如果世上没了尖锐的批评
那么，温和的劝告便显得刺耳
如果世上没了温和的劝告
那么，沉默会被视为居心叵测
如果世上连沉默也不允许
那么，赞美便会成为唯一声音
如果世上仅剩下一种声音
那么，这种声音只能是谎言

如果世上没有真善美
那么爱，将无处可存
如果世上没有了爱
人间将不再有高贵的魂灵
如果世上没了高贵的魂灵
缺德与自私必将被尊为人间新贵

如果这种新贵变成理所当然

那么,举目将是寡廉鲜耻和男盗女娼

如果世上尽是寡廉鲜耻和男盗女娼,那么

人间将会是连谎言都不要的鬼话连篇的地狱

2023 年 5 月 16 日

为抗疫而作三首

此心安处是吾乡（歌词）

是什么让你停下了归乡的脚步

旅馆寒灯独不眠

是什么凝固了我们的笑颜

万户低声残月边

生命刹那间的危险

暂停了吾乡花开的流年

所有离别的逆行都令人动容

每个忠诚的值守足以温暖寒冬

我们不离不弃，手手相牵

我们同祖同根，心心相连

是什么让你卸下了远足的行囊

日长夜永为愁煎

是什么点燃了我们的激情

家国风雨忧未停

同胞手足般的苦难

绽放了吾乡芬芳的青春

所有出征的天使都不怕魔鬼

每个参战的力量足以保卫家园

我们不离不弃，手手相牵

我们同祖同根，心心相连

筑起万里长城，万里长城

我们不离不弃，手手相牵

我们同祖同根，心心相连

武汉中国

筑起万里长城，万里长城

哦，吾乡安宁

2020年春

（词曲见附录）

我不会离开你(歌词)

你听,春天的花儿开了

沉寂的寒夜

有花瓣绽放的声音

你看,朝霞染红了天边

窗前,飘来有阳光的风

知道吗?我此刻多想

和你在一起,玩耍聊天

一起,再拌嘴出游

然后言归于好,相爱相亲

我不要,你双眼迷茫

更不愿你无助绝望

亲爱的请记住,我不会离开你

不会,抛下你不顾不管

知道吗?你是我的臂膀

失去你，我将会一生忧伤

挺住，我正夜以继日

奔向你，带你远离魔瘴

知道吗？你是我的臂膀

失去你，我将一生忧伤

忘掉所有的恐惧，都要坚强

就让我们一起，来面对放纵的沧桑

请相信，你终会安然无恙

此后未来，我们一起

童叟不欺，心存善念

家乡的路上，看山青水蓝

2020年2月13日凌晨

（词曲见附录）

逆向而行(歌词)

庚子年的春节,我们,家家不串门。

——引子

公园关闭了

剧院停演了

街上的行人稀了呀

病房里的人越来越满了

交通管制了

车船限行了

要命的瘟神藏哪呀

家乡的空气越来越冷了

哦,爱人啊

好多人正在等待救治呀

哦，孩子啊

亲人们正在被病毒包围呀

我怎能畏惧生死

罔顾危险

哦，不逆向而行

口罩不多了

防护服少了

供给的物资要充足呀

肆虐的魔鬼越来越近了

哦，妈妈呀

好多人正在等待救治呀

哦，孩子呀

勇士们正在前方拼命呀

我哪怕舍身纾难

也要逆向而行

哦，逆向而行

哦，爱人啊

好多人正在等待救治呀

哦，孩子呀

亲人们正在被病毒包围呀

我怎能畏惧生死

罔顾危险

哦，不逆向而行

哦，妈妈呀

好多人正在等待救治呀

哦，孩子呀

勇士们正在前方拼命呀

我哪怕舍身纾难

也要逆向而行

哦，逆向而行

为了家家安宁

我们逆向而行

2020 年春节

（词曲见附录）

行行复行行

春来通宵雨,点翠漫青庭。
绿玉出新笋,红枫长幼英。
愁来寒风浪,喜至霁光清。
问我当何适?行行复行行。

2021 年 3 月 8 日作于换届前

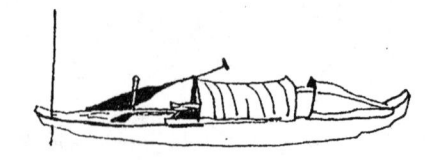

辛丑归家

极目清山绿,风吹百草香。
家人来又去,茶酒想归年。

2021年春节和哲伦回故乡

阳光新年

暖暖桂园村,轻轻墟里烟。

户庭无尘杂,虚室有余闲。

告别旧岁寒,迎来新年暖。

久在樊笼里,复得返自然。

2021 年 1 月 1 日

与德泮讲谈

我讲诗和史,君谈曲与词。
诗词醇似酒,可以醉千秋。

2021 年 4 月 17 日与魏德泮先生于近恩斋

勤与卷

数载篱边落叶黄,垒石已绿桂兰芳。
青春几度门边草,九冬常顾镜中房。
岁月不居勤自好,时光易去卷彷徨。
天天督我埋头干,懞懞上下为哪桩?

有感于2017年以来,遇一天四次督查同一件事而作
　　　　　　　　　　2019 年 11 月 24 日

第三辑

近思先哲

在闽北这块崇儒的土地上,曾经有个朱子

他是继孔孟之后的儒宗,我们的先哲

切问而近思先哲,可以求仁

沙洲画卦

朱子年少时期沙洲画卦的故事，在宋代福建的南剑州、建州都有流传。

南剑沙洲画卦故事记载于南剑州《尤溪县志》（今三明市《尤溪县志》）。朱子的父亲朱松于北宋宣和五年（1123）调任南剑尤溪县尉，朱家随迁至尤溪定居。南宋建炎四年（1130）朱子出生于尤溪，当时闽北一带爆发了"草头天子"瓯宁人范汝为之乱，朱松一家人为躲避战乱带着尚在襁褓中的朱子开始四处漂泊，一直到朱子5岁时才从泉州石井重返尤溪。这段时间虽然比较艰辛，但却让朱子与父亲有了日夜陪伴的机会。父亲朱松自幼习儒读经，有深厚的儒学修养，在颠沛流离中他把更多的时间留给了孩子，尤其是这位一出生就让父亲觉得赋有异禀的孩子——朱熹。这位当年的大儒在朱子的早期教育中倾注了大量心血，他通过自己的言传身教，对年幼的朱子展开了全面的教育影响。

回到尤溪，5岁的朱子就被父亲送入学堂读书。耳濡目染过父亲教育的朱子一开始接触学问就表现出非凡的领悟力。他第一次诵读《孝经》就能说出"若不孝，则不成人"的连成年人都很难领悟的经义。

早慧的朱子时常会蹦出一些让父亲都措手不及的问题。有一次，父子二人在庭院里闲聊，朱子忽然抬头指着太阳问父亲："日何所附？"朱松回答："附于天。"朱子又问："天何所附？"朱松瞬时无言以对。聪明过人的朱子从小养成了勤于思考刨根问底的习惯，他不仅会给父亲出难题，连他自己也常常深陷题中不能自拔。

尤溪的朱家门前有一条溪叫青印溪，溪边是一块沙洲。一次，朱子和伙伴们在沙洲上玩，卓尔独行的他一个人端坐沙坪上，用手指在沙上作画，大家跑过去一看，画的原来是八卦的图样，大人小孩都为此感到十分惊异。其实，这是朱子在接触《易经》时对八卦图产生的浓厚兴趣使然，有着"天何所附"刨根问底习惯思维的朱子，日夜都在想着八卦图的构成图示，以致在沙洲游玩时都会不由自主地停下来在沙上画八卦图。聪明的朱子此后被大家视作"神童"，而尤溪青印溪边上的那块沙洲后来也被人们叫成了"画卦洲"，并被记录在《尤溪县志》上流传至今。

建州沙洲画卦的故事在明清两代的《建安县志》、民国《建瓯县志》都有记载。南宋绍兴四年（1134）秋，已在京城谋得秘书省正字（九品官）的朱松忽闻母亲程氏去世，古人因有丁忧之制，朱松于是辞去京城职务回尤溪治丧。在尤溪守丧三个月后，朱松决定将母亲归葬建州政和县，政和是亡父朱森的安葬地，他要让背井离乡的亡父亡母，在他们的入闽首站地建州政和永远相伴。绍兴五年（1135）春，朱松携家眷离开南剑尤溪，回到阔别多年的建州政和。

朱家人在朱松早年创建的政和星溪书院寓居下来，开始了三年为母丁忧的守丧生活。守丧的日子是清闲的。清闲让朱松有了更多的时间来陪伴孩子读书学习。为了让孩子学问广进，朱松经常带着朱子前往各地访儒问学。绍兴六年（1136）秋，与朱松有太学渊源的好友胡宪来任建州州学教授。不久，朱松带着朱子前往建州城拜会胡宪。

建州城（今建瓯城）有一座香火不绝的寺庙，时人称之为"尊胜禅院"。朱松在他的《韦斋集·尊胜院佛殿记》有说，他那时寓居政和，往来建安（建瓯古名）

时，必住在尊胜禅院里。这次到建州拜会胡宪教授，朱松父子便下榻在尊胜禅院。

一天，秋高气爽景色宜人。在建州州学听完胡宪和朱松讲经论道了大半天后，7岁的朱子跟随两位先生出城返回驻地。他们出城南建溪门前往门外的尊胜禅院，出了城门需过一座木桥，桥的北端是一片整洁宽阔的沙地，朱子一见沙地，突然兴奋起来，他飞快地从桥上奔跑至一处柔软的沙地上，卷起袖口双膝跪地就在沙上用手指作起画来。胡、朱二人在桥上慢步轻踱，谈笑风生，并未在意孩子的举动，等他们下得桥来走到朱子面前时，沙地上的一幅八卦图已赫然画成。朱子5岁在尤溪有过画卦经历，这次随父游历建安，在沙洲上即兴作画八卦，既有孩童的天性所致，更是他已熟稔了八卦图后想在两位大师面前表现的欲望所致。胡宪看后惊叹不已，朱松看后驻足四望，或许是受到儿子沙地画卦的影响，他突然有了安家此地的念想。

绍兴七年（1137），三年丁忧期满，在宰相张浚、赵鼎等人推荐下，朱松携家眷离开政和重赴京城临安任职。绍兴十年（1140），因与主和派人物秦桧不睦，朱松遭弹劾，举家重归闽北建州。当年秋季，11岁的朱子跟随家人来到父亲营建的建州城南环溪精舍定居下来。

此时的朱松是环溪精舍的塾师，朱子和十几位同学都是父亲的学生，环溪精舍门前就是朱子几年前曾经画卦的沙洲。有一次，一位擅长游泳的同学要和朱子比赛游泳，朱子灵机一动说，我们在规定的时间内，你游完规定的泳程，我在沙地上画出完整的八卦图，先完成者为胜。赛事成交，于是，比赛开始。结果那位同学仅游到半程，沙地上的八卦图已准确无误地画出。

朱子沙洲上画八卦图的故事，此后在坊间广泛传开。后人在建瓯水南沙洲边岸建画卦亭，在画卦处立碣石，石上大书"朱文公坐沙画卦处"，沙洲此后被叫成了"画卦洲"，俱因朱子当年在沙洲上画八卦图的缘故。一个稚气少年，对复杂精密的八卦有如此娴熟的理解力，不能不令人佩服。

迁居五夫

南宋绍兴十三年（1143）春，奔波了一生的朱松，在建州城南环溪精舍告别了人世，享年47岁。也许是应验了孟子在《生于忧患，死于安乐》中对"天将降大任于斯人"的命运安排，自打出生开始就漂泊困苦的朱子，在建州城南环溪精舍仅仅度过了三年幸福安定的日子，因为父亲的突然离世，又将面临漂泊他乡的命运。

朱松是家里的顶梁柱，失去顶梁柱的朱家必然会陷入无以为继的境地。临终前，为了让家眷得以妥善安置，朱松做了一件影响深远的大事。他将妻子和一双儿女托付给南宋抗金名将、已奉祠隐居崇安五夫的好友刘子羽，并嘱咐朱子要拜武夷三先生——胡宪（时已辞去州学教授归隐五夫）、刘勉之、刘子翚等人为师。朱松含泪修书，叮嘱夫人祝氏务必亲手将书信交给刘子羽。做完这些，朱松离开了人世。

绍兴十三年秋，母亲祝氏料理完家事后，带着儿子朱熹和女儿朱心离开建安，迁往崇安县五夫里。

五夫里，在今武夷山市东南部60公里处的五夫镇。2010年，中国国家住房和城乡建设部与国家文物局联合公布的中国历史文化名镇名村名单中，五夫镇名列其中。这是闽北山区一处历史悠久人杰地灵的宝地，从晋代一位蒋姓乡绅获官五刑大夫得名"五夫"开始，经隋唐五代及两宋，小小五夫里地，井喷出了刘氏五忠（忠显公刘韐、忠定公刘子羽、忠肃公刘珙、忠简公刘颌、忠烈公刘纯），胡氏五贤（胡安国、胡宪、胡寅、胡宁、胡宏），词圣柳永，理学家刘子翚、刘勉之，禅师道谦等无数历史名人。在这块充溢着文臣武将儒风忠义的土地上，举步约礼，放眼博文。

归隐山村的名将刘子羽接受了好友朱松的托孤之请。当祝五娘（朱子之母）孤儿寡母三人迈入五夫起，学养深厚的刘家便承担起了受托的道义。在刘子羽的张罗下，初入五夫的朱家，很快在刘家人为他们构建的新居安定下来。

新家建在潭溪之畔的刘家祖基地上，是一座拥有五间居室的房屋。刘家人很慷慨，还在房前屋后圈出几亩地供朱家母子植树种菜，围池养鱼，以便朱家生活自需。

五夫的这座朱子故居，后来被朱子自名为紫阳楼，紫阳名自朱子婺源先祖地徽州紫阳山，取名紫阳，是怀祖之意。

按照父亲遗嘱，朱子要拜刘子羽为义父，拜胡宪、刘勉之、刘子翚为老师。刘子羽接受了义父之请，他的三弟刘子翚、同宗刘勉之、道友胡宪也义不容辞地接受了拜师之请。刘子羽择吉日为朱子举行了拜父拜师礼，失去父亲的朱子重新在五夫获得了父爱和师教。都说朱子命途多舛，而在五夫，他是何其幸运，这里不仅有爱他养他的义父，还有教他育他的恩师，而他的义父和恩师均非凡俗，都是那个时代的一流人物。

刘子羽——重量级朝廷旧臣，五夫刘氏家族的大哥，德高望重的乡贤。当他以义父的名义接纳了朱子，朱家孤儿寡母在闽北建州的地界上便有了刘家的荫庇。

胡宪、刘勉之，刘子翚——学行卓著的武夷三先生。当他们以先生的名义接纳了朱子，流寓他乡的朱家孤儿，便迈入了成其为千古流芳的"理学之大成"的大门。

英年早逝的朱松，尽管没能继续尽到教养朱子的为父之责，但他以人品和学识赢得的广泛情谊，为他的孤儿朱熹挣得了一处生存与求学的天地。这片天地，在秀甲东南的武夷山，在崇经乐道的儒林，更在中国传统文化所倡导的仁爱信义里。投靠武夷的朱子，尽管还时常沉浸在丧父之痛中，但九泉之下的父亲，一定没有了遗憾，因为他相信，他的儿子正在一群君子的身边茁壮成长着。

安居方能乐业，有爱可育真情。祝五娘和她的一双儿女在闽北义儒们的关怀下，开始了他们健康快乐的五夫生活。

绍兴十七年（1147），18岁的朱子学业初成，获得了建州乡贡的功名。

绍兴十八年（1148），19岁的朱子在五夫迎娶恩师刘勉之之女刘清四，完成了成家大业。同年赴临安参加春闱，顺利通过省试、殿试，获取进士功名。

绍兴二十三年（1153），24岁的朱子出任泉州同安县主簿，开始了他的仕途生涯。

在五夫茁壮成长的青年朱子，以成家立业、考取功名、出仕为官的优秀表现，回馈了义父和恩师们的养育之恩。情深义重的五夫，此后成了朱子孝亲育儿的乐土，讲学授徒的学堂，著述立说的研究室以及官场失意时慰藉心灵的港湾。

从任职同安主簿离开五夫开始，凡外出为官、结庐著述、游学论道，多则数年，少则数月，朱子均以五夫为家。直到绍熙二年（1191），尚在漳州知州任上的朱子，接到爱子朱塾去世的噩耗，62岁的朱子毅然辞官回乡。同年夏天，在五夫生活了48年的朱子一家，始搬离五夫，迁往建阳定居。

卜居考亭

考亭，在今建阳区潭城街道考亭村。宋代朱子入住时的考亭村隶属建宁府建阳县群玉乡三桂里。

小村背靠一座枕头般低矮的青翠丘陵，门前一片宽阔沙洲，人称龙舌洲。蜿蜒环护在龙舌洲外的是清澈碧透的麻阳溪。这里山环水绕，浮桥卧波，烟舟往返，如诗如画。传说五代南唐国有个叫黄子稜的官员随父亲来到建阳后，因留恋此地溪山秀丽，于是定居建阳。其父死后葬在离城不远的三桂里，黄姓官员为表孝心，在玉枕山麓建了一座亭，用作来探亲祭坟时的歇息之处，故取名"望考亭"。望考亭后来被人叫成了考亭，再后来，考亭被叫成了那个地方的名字。

与南唐黄姓官员一样，朱子与父亲朱松也都特别钟意考亭这个地方；但他们与黄子稜不同的是，朱氏父子认为此地是最好的安家之地。

朱子的父亲朱松当年游历闽北各县，有一次来到考亭，顿时被溪山清邃的美景所吸引，久久流连忘返，不舍离去。这位离开祖地旅外谋生的游子，早就谋划着将来要在闽北建州地界上找到一处善地安家，来到考亭后，他心中卜居之地已然有数。于是，他在日记中留下了"考亭溪山清邃，可以卜居"的记录。这则日记，后来成了朱子魂牵梦萦的挂念。那年在临安科考，朱子毫不犹豫地在考生籍贯栏上写上自己的籍贯——建州建阳县群玉乡三桂里。那时的朱子居家五夫，籍贯不写五夫而写三桂里，一方面是因为朱子尊重父亲的孝心所致，另一方面也是因为朱子对考亭素有美意。此地风光秀美，沿溪而上仅三五里就是老师兼岳父刘勉之的老家萧屯，还在五夫屏山书院读书时，先生刘子翚就经常带着朱子来到刘勉之先生的萧屯草堂听学，必经之路的考亭早已在朱子心中留下了美好印记。

虽在考生籍贯栏上写了三桂里，但由于种种原因，四十来年时间里，朱子的家始终在五夫，从未来居考亭。

绍熙二年（1191）正月，时任漳州知州的朱子突然收到长子朱塾不幸去世的噩耗，这是命途多舛的朱子在遭受少年丧父、中年丧妻之后，再一次晚年丧子的沉痛。或许还有因为当时正在漳州施行的"正经界"土地改革遭到前所未有的阻扰甚至还引来的人身攻击，身心俱疲的朱子心灰意冷。于是，他以料理朱塾丧事为名，辞官漳州，返回闽北。

这次心灰意冷的回乡，除了操办丧事，还有一件重要的事——为自己选择一处归乡终老的安家之地。

在远离故土的异乡选择终老之地，是件大事。朱子将卜居的思绪从以往暂居或定居过的地方一一过筛：

九曲溪上自己亲手兴建的武夷精舍，潮湿而阴冷，显然不宜久居；云谷草堂山高路隘，寒泉精舍平坦无奇，虽然都是自己曾经喜欢的地方，但也不是久居之地。那么，已经定居了数十年的五夫呢？笃信风水之说的朱子原本就感觉生活了四十多年的五夫，似乎已在地气上对朱家有压抑之势，这次晚年丧子的遭遇，更让他不想因见到五夫而勾起对亡子的思念之痛。

绍熙二年（1191）五月，朱子来到建阳。四十多年前自己在考生籍贯上书写的那个群玉乡三桂里的考亭村，忽然从记忆中跳了出来，父亲当年在日记里不是说考亭可以卜居吗？何不前往察看察看。一天，朱子特地邀请了蔡元定等几位好友，他们徒步来到建阳县城外不远处的三桂里考亭村，他要对父亲的卜居选择进行认真的研判。朱、蔡二人都精通易学，堪称那时国内一流的风水大师，他们从考亭的形胜、河流、交通、经济等地理学要素进行了详细调研。

他们发现：考亭不仅溪山清遂，河水蜿蜒，还靠近建阳县城，闹中有静，环境清幽，既可以方便应接人事，相会往来高朋，还可以在此兴建书院，继续山林讲学著述；建阳县城及境内的麻沙、书坊等地是宋代中国三大雕版刻印中心之一，被誉为"图书之府"，印刷业十分发达，能为近郊的考亭带来出版著作及刻印学生教材的便利；距建阳崇泰里寒泉坞朱子母亲的墓地亦不过二十里，还方便孝亲祭祖……果然如父亲当年所说，是个卜居的善地。诸多吉利因素聚集，朱子卜居考亭心意已定。

主意既下，当月下旬朱子就将一家老小从五夫迁往建阳东郊的同繇桥寓居。寓居同繇，既为尽快搬离五夫，也为方便营建考亭新居。

营建考亭的新居，对朱子来说并不容易。他一生清贫，年过花甲也不见有多少积蓄。没钱就得精打细算，他在考亭买了一处村民的旧屋，然后进行逐步改建。最亟待的是要有书楼，所以开工的第一项就是营建小书楼。朱子对书楼的建构自有讲究，小书楼虽不大，但得有满足于会客、读书、著述、拜祀等功能建构。书楼建成后，其中有间"清邃阁"，就是朱子晚年读书著述、拜祀先圣的场所，后来也成了考亭书院的重要组成。绍熙三年（1192）春，书楼建成。连同其他还在营建的新居，朱子那时已手头拮据，无奈之下，只好向好友举债续建。

绍熙三年六月，考亭新居全面落成。朱家遂从寓所同䂞桥迁往考亭定居。

这是一方十分宜居的所在。曾有诗人这样描绘考亭的怡人："世上几多名将相，门前谁有此溪山？人过小桥频指点，全家都在画图间。"晚年朱子将安居之地选在如图画间的美境里，是父子两代人的共同选择。门前有此溪山相伴，何要人间虚名？经历了一生波折困阻的朱子，终于为自己找到了惬意的安身之处，"此心安处是吾乡"，与世无争的考亭，此后陪伴着他直至终老。

（以上三篇讲朱子的人生经历）

朱子与《近思录》

淳熙二年（1175）初春，在浙江婺州（今金华市）的一所大宅院里，南宋理学浙东婺学派创始人吕祖谦坐在书房中读着一封信，这是一封来自闽北的信，是朱子写给吕祖谦的亲笔信。

吕祖谦（1137—1181），字伯恭，世称"东莱先生"，出身于婺州"东莱吕氏"，南宋著名理学家、文学家。南宋理学学派林立，其中闽学派朱熹、婺学派吕祖谦、湖湘学派张栻被誉为东南三贤。朱子与吕祖谦、张栻虽然各立学派，在治学上有所不同，但他们矢志复兴儒学的精神一致，在经常展开学术辩论的和而不同中，三人结下了深厚友谊。两年前，朱子特地将长子朱塾送往婺州吕祖谦门下受教，足见朱子对婺学的认可。这次朱子来信，主要谈到两件事：一件是请吕祖谦来闽商讨有关进学次序，学习孔孟之学应遵从由博返约、由繁入简的问题。二是请吕祖谦出面参与朱子和江西陆九渊兄弟约定的鹅湖之会。

吕祖谦接信后,爽快地答应了朱子的邀请。

淳熙二年(1175)四月的一天,吕祖谦带着弟子潘景愈抵达崇安五夫。朱子很高兴,在五夫热情款待了来自浙江的客人。初夏的五夫晴空万里,在潭溪紫阳书室,在五夫刘氏庄园,在报本庵,在密庵,朱子率弟子刘充甫、刘平甫、范仲宣、徐周宾、魏恪等人陪同吕祖谦及随行潘景愈等游遍了五夫里的胜地。文人都喜欢山水之乐,朱、吕是当世名儒,自然也免不了吟诗唱酬的雅兴。他们在美景如画的武夷山水间流连了半月之后,来到建阳寒泉精舍,开始他们共同完成的一项创举,一项堪称千古流芳的文化工程。

这项文化工程的成果就是《近思录》。而朱、吕这次的寒泉相约,也就是后人在理学史上津津乐道的寒泉之会。

寒泉之会的地点在建宁府建阳县的寒泉坞(在今南平市建阳区莒口镇马伏村),两位主角即朱熹、吕祖谦,他们是闽学与婺学的掌门人物,他们也是南宋士林超一流的大师。

寒泉之会,商讨有关进学次序、学习孔孟之学应遵从由博返约由繁入简的问题，实有因由：

朱子在构建集大成理学体系的实践中，越来越觉得需要有一部简明、易懂而又准确、系统的著作来帮助世人了解理学、接受理学并最终热爱理学。形象地说，理学的世界既广大又精微，如果没有一盏指引的明灯，很多人要么根基不牢好高骛远，要么望而却步或者半途而废，甚至无所适从各自为说最终一盘散沙。朱子与吕祖谦在过往的交流中，都有相同的体会，他们发现，自秦汉以来，被称为圣学的孔孟之学越来越得不到真正的传承，人们在学习圣学的时候，大都运用后人对孔孟之学的章句训诂，而不去探求孔孟的真正之意，以致渐行渐远，偏离性命之学和道德之归者比比皆是。及至宋代，一批先知先觉者开始发现并明白了问题的严重，最突出的代表就是北宋四子：周子（周敦颐），程子（程颢、程颐），张子（张载），四子在他们的著作中明晰了正确的读经之法和明经之要，如果世人能够将四子的著作读懂弄通，那么，再去学习孔孟经典，则可以正确把握经文经义。

朱、吕寒泉之会，旨在帮助人们如何读懂弄通四子的著作。然而，两位博闻强记的大师都明白，四子的著作广大宏博，无边无际，以他们的素养在研习四子时且常有繁杂之感，何况芸芸后学之众？朱子是个睿智的教育家，他早就想找到一把梯子，或者说一面旗帜，他要让这把梯子或旗帜成为人们直抵四子学说的捷径。而要找到这把权威的梯子，得要有重量级的人物来共同完成。吕祖谦虽与自己有学派之别，但毕竟同属理学之脉，且二人的学术思想本有求同之处，邀约这位与自己齐名的当世名儒共襄大计，必将造福儒林，泽被后世。

朱、吕相约寒泉，其实就是来完成一项由朱子主导的，吕祖谦配合的，探寻理学真义的"梯子工程"。

从淳熙二年（1175）四月下旬到五月上旬，在寒泉精舍，朱子与吕祖谦用了十多天时间，不分日夜共同阅读周敦颐、程颢、程颐、张载的著作。他们按事先约定好"掇取其关于大体而切于日用者"的原则，从四人的著作中精选出622条内容，编成《近思录》，作为天下理学的入门读物。

取名"近思录"，本自《论语》："博学而笃志，切问而近思，仁在其中矣。"朱子取此书名的用意在于，把《近思录》当作学习四子著作的阶梯，四子著作又作为学习六经的阶梯，以端正学者或好高骛远或止步宏博之失。

《近思录》后经朱子反复推敲，数年之后才正式定稿。今传《近思录》有14卷，共622条。卷目依次为：1.道体；2.为学大要；3.格物穷理；4.存养；5.改过迁善，克己复礼；6.齐家之道；7.出处进退辞受之义；8.治国平天下之道；9.制度；10.君子处事之方；11.教学之道；12.改过及人心疵病；13.异端之学；14.圣贤气象。

《近思录》自问世以来，帮助后世学者在研读经典中找到了一条循序而进，自近及远的学习方法。而要读懂六经，先懂四子；读懂四子，先读《近思录》的进学次序，则成了千百年来儒学殿堂上博约转化，繁简融汇的一条务实求真之阶梯。

完成《近思录》的编撰后，朱子真诚邀请吕祖谦与他一同前往江西铅山鹅湖，应约他和陆九渊心学之辩的鹅湖之会。

朱子与《太极图说解》

乾道六年（1170）春天，朱子为了陪伴亡母，在建阳崇泰里寒泉坞母亲的墓侧建寒泉精舍，在庐墓守丧中开始了他理学本体论与宇宙观的构建。

孔孟及秦汉以来的儒家经典，主题多是方法论，即要求人如何如何做，很少去思辨为什么要这么做。比如《论语》结构零散，没有形成体系，也很少涉及严密的逻辑推论，大多只是孔子对学生的说教，难以形成哲学世界观和方法论的统一。这些问题，秦汉以来基本上无人探究，一直到北宋理学开山周敦颐及理学奠基者张载等人的出现，他们糅合了儒释道的思想，从宇宙生成、万物变化，到建立符合社会秩序的人伦道德标准等方面，把宋代新儒学（即理学）的思想性上升到了哲学的高度。北宋先儒们的这些探索，给予了后来集理学之大成的朱子以思想的营养和理论的来源。

入住寒泉精舍后，朱子感觉自己正待进行全面著述的经典似乎缺少了一个理论支撑，在以往的学习和与诸儒的交流辩论中，也感觉缺少了这个支撑。他认为，要建立一个完整的理学体系架构，首先要解决的就是为这个理论体系找到一个本体论来源和认识论依据，以改变旧儒时代儒家经典缺乏"论证过程"的弊端。

朱子的超凡和伟大，开始从寒泉精舍渐次展现。

在理学本体论的建构上，朱子想到了周敦颐的《太极图说》和《通书》。就在一年前，他在建安校订并刻印了《太极通书》，这本书合编进《太极图说》和《通书》，以《太极图说》为主，《通书》为次，突出了太极作为本体的地位。乾道六年，朱子依照建安本的《太极通书》，在寒泉精舍完成了第一部著作《太极图说解》初稿，以后经与张栻、吕祖谦、蔡元定等人的探讨及朱子本人不断的思考完善，在淳熙十五年（1188）正式公开传世。

《太极图说解》顾名思义就是对《太极图说》的解注。当年，周敦颐利用道士长生成仙的修炼图，改绘成太极图，以此作为天地万物生成的图式，并作《太极图说》来阐述其对宇宙生成的认识。按道士的修炼图，表达的是道士的生死观。在道教徒看来，有生有死是自然规律的常道，但人如能逆常道而炼丹，便可超越常道而至长生不死。于是，道士们绘成了一张具有顺逆两个方向的修炼图，顺行的是太极图，表示生死自然规律，逆行的是无极图，表示通过炼丹可以成仙不死。周敦颐借助这张修炼图，结合道家和儒家经典来解说他关于宇宙生生不已的变易思想：从逆则成仙不死的过程是无极（出自《老子》"复归于无极"），从顺则自然生化的过程是太极（出自《易·系辞》"易有太极"），所以"无极而太极"。周敦颐认为，太极化生万物的过程和万物复归无极的过程构成了宇宙生生不已的永恒变化过程。

由于周敦颐的《太极图说》仅有250多字，可谓词约义丰，一方面固然能给人以启迪，留有参详余地，但另方面却又容易使人产生歧解。在这个问题上，就连周敦颐的两位高徒程颢程颐都认为《太极图说》与理学并无多大关联。而朱子无疑具备了集大成者的智慧，他根据程颐在《易传序》中说的"体用一源，显微无间"（即一物的本体或本原和该物的表现或作用是统一的，一物显现出来的表象和隐藏起来的道理是没有间隙的）这句教导，通过《太极图说解》阐述了三条重要理论：一是无极与太极同为一体。无极即太极，是同一本体范畴，含括于整个宇宙本体世界的"理"中。有形实在的一面是"太极"，无形不可见的一面是"无极"。无论是无极或太极，"理"都在其中。二是理气相即。朱子根据无极太极显微无间的原理，推出了理气相即的体用一源之说。他认为，"理"是形上的、抽象的，存在于客观世界和人文世界的无形与有形之中；而"气"是形下的、具象的，有情、有状、有迹地存在着，是铸成万物的质料。认为天下万物都是理与气相统一的产物。三是理一分殊。朱子还是根据体用与显微来解读《太极图说》，他举例：从男人和女人来看，都是人，而男人与女人又各有不同；从万物来看，都是物，而万物又各有各的特性。朱子认为，每一个人和物都以抽象的理作为它存在的根据，是为"理一"；而每一个人和物又都具有完整的特殊的理，是为"分殊"。

朱子借助以上三条，树立了他理学体系的三条经典理论：一是太极即无极的理本体论；二是理、气、万物的宇宙生化论；三是理一分殊的认识论。

朱子的《太极图说解》，完善了周敦颐的哲学思想，为其即将展开的理学体系构建竖起了坚实的理论支撑。宋代理学在朱子的不懈努力下，因此亮起了思辨性的哲学光芒，中国儒学此后迎来了发展史上的崭新篇章。

　　后世学者从儒学哲理化角度曾经有"朱子高于孔子"的评价。公正地说，此话并不偏颇。朱子的理本体论和宇宙生化论，雄辩地把孔孟以来的教条经典与自然规律有机地接续起来；而理一分殊认识论所倡导的格物致知的穷理法则，已经触到了唯物主义的边缘。就连现代著名英国生物学家李约瑟在熟读了朱子后，都发出由衷的赞叹："宋代理学在本质上是科学的。"当然，反对的声音也不绝于耳。比如与朱子同时代的易学家林栗就指出周敦颐的"无极而太极"不是朱子说的"无极即太极"，而是"无极生太极"，是无中生有的理论，甚至在后来的庆元党禁中还据此指控朱子的理学是无中生有的伪学。好在不久后，朱子理学便获得了平反和新生。

　　毫无疑问，具备思辨性的《太极图说解》，不仅为朱子的学说确立了根本，也为理学照进了科学的光。

朱子与《西铭解》

朱子在完成《太极图说解》初稿后,感觉到还需要有一套理论来进行补充,方能使其建立的本体论和宇宙观更加丰满,更加务于实际。那段时间,朱子经常漫步轻蹰,闭门思考,他在苦苦思索,他所需要的那套理论该来自何方?

宋代理学,虽然借助哲学的思辨接触到了自然科学,但其本质上和孔孟以来的儒学一样,它的研究对象和服务对象主要还在人文科学,是研究人与人、人与社会的学说。这点从朱子一生格物致知的"物"——几乎都是儒家经典著作,而鲜有自然之物上便可见一斑。事实上,朱子一生奋斗的终极目的,也就是要为道德危机下的社会重建儒家伦理规范和道德准则,最终实现有礼法秩序的,有仁爱信义的美好社会。儒家倡导用教化来规范人与社会,而教化仅仅有往圣的经典是不够的,还要为经典的教化找到坚实的理论。如果说《太极图说解》是这个理论的"纲"的话,那么,还需要一个"目"来补充才能构成完整。

寒泉精舍期间,朱子在哲思涌动的同时,经常要回五夫探亲,因与五夫相隔甚远,朱子便在中途芦山峰顶的云谷建了一所名叫"晦庵"的草堂,作为往返时的歇脚之处。有一天,朱子想要放空一下穷理的身心,便邀请蔡元定等人去云谷登山,半山途中突遇大雨,众人都通身湿透。这个时候,张载《西铭》的两句:"天地之塞,吾其体;天地之帅,吾其性。"忽然从朱子的脑海跳出,他当即便和众人解读两句经义,越说越有启发。回来后,朱子便开始着手草拟《西铭解》,乾道六年(1170)秋天完成了初稿。

张载的《西铭》也是250多字词约义丰的经典。上述两句的意思:充塞在天地之间的"气",是我的形色之体;而引领统帅天地万物以成其变化的"理",就是我的天然本性。朱子从大雨湿身中感悟到:"气"是有形可见的,可变的,是"分殊",比如天气可以大雨倾盆,也可以晴空万里,人的身体可以浑身湿透,也可以干净整齐;而"理"是永恒不变的,比如天气变化是自然界永恒不变的主宰,而人的本性也是天理赋予而不变的，是"理一"。人所以会变，拿云谷登山来说，是因为受到晴雨天气的影响，才产生干与湿的外化表现；拿好人和坏人来说，是受到清气与浊气的影响，才有善与恶的不同。朱子的这一感悟，直接与程颐当年对《西铭》"明白的理一分殊"定位无缝相合，朱子在瞬间找到了那个充当"目"的理论，就是用"理一分殊"原理对《西铭》进行经义解读。

《西铭》："天地之塞吾其体，天地之帅吾其性。民吾同胞，物吾与。"朱子用"理一分殊"解读：人和物并生于天地之间，其可见的形色之体，都是天地之气不同的外化结果；其不可见的性和质，都是天地赋予的不变之性。只是，所有的形色之体都有分殊，唯独人的心最灵，能通晓性命之全，所以在并生的所有形色之体中，人为同类中最贵，故称为"同胞"；而物因不能通晓性命之全，所以不是我的同类，尽管它也是天地之气所化生，却是不同于人的，故称为"吾与"。在这里，朱子明确了人与物虽然都是天地之气的化生，但却是有差别的，为他后面要阐述的伦理纲常等级秩序的差别进行了提纲挈领的铺垫。

《西铭》："大君者，吾父母宗子；其大臣，宗子之家相。"朱子解读：继承天地、统领天下的，只能是君王，因为他是天地的长子；辅佐君王、管理人事的，是大臣，因为他是长子的管家。朱子在这里把君臣关系的等级化是因天理的规定来予以明确，赋予了君臣地位不同于其他"同胞"的天然性。

朱子用"理一分殊"的理论，就这样按上述思想对《西铭》通篇进行了详细解读。

应该说，张载在创作《西铭》时，并未想到用"理一分殊"来阐述他的要义。他的《西铭》涉及的内容还包括：保护生民是替天地行道的君王的天职，违背这一天职的就是悖德的不成材的凶贼；恪尽职守、听从君命是臣民者为天地分忧的美德等等。张载后来用著名的四句来概括《西铭》的要旨：为天地立心，为生民立命，为往圣继绝学，为万世开太平。此四句作为中国古代士人追求的人生信条被传颂至今。千百年来，人们读到《西铭》，都会由衷地憧憬张载强调的那个充满博爱的，人人亲和、人物亲和的和谐社会。

朱子借助《西铭》，用理一分殊原理通过《西铭解》阐述的理论，是基于《太极图说解》建立的太极即无极、理气相即、理一分殊纲领式的本体论后，还需要为有序的社会纲常和普世价值观的建立找到天然的注脚。他在《西铭解》里，用天地赋予的权威性指出了：气生万物，而物是有别的；君臣父子等人伦关系，天然有别，应各司其职，爱护遵守礼法者，反对越位不轨者。爱要爱得其所，而非泛爱。《西铭解》的完成，对朱子来说，实现了他哲学本体论关于人与社会板块的理论延伸。

从乾道六年（1170）秋天完成初稿起，一直到乾道八年（1172），朱子在寒泉精舍序定《西铭解》，并写了一篇《西铭后记》，宣告《西铭解》的正式完成。开始由于也受到了各方质疑，在不断完善中，最终于淳熙十五年（1188）正式公开传世。

《太极图说解》和《西铭解》作为朱子理学本体论的两篇划时代著作，是珠联璧合互为补充的姐妹篇。《西铭解》充满逻辑地补充了两条旨在圆满天人合一的本体论原理：本体之理与万事万物的统一关系；一理之体与万殊之用的统一关系。此后，在两篇著作的指导下，朱子开始了更加广大的理学体系构建。

朱子与四书

四书,指《大学》《中庸》《论语》《孟子》等四部儒家经典。朱子的一生对四书极端重视,从他5岁开始读四书,直到临终前还在修改《大学章句》,可以说,四书几乎伴随着朱子度过他的全部人生。他后来完成的《四书章句集注》,也叫《四书集注》,是对四书所作的注本,其内容分为《大学章句》《中庸章句》《论语集注》《孟子集注》。所谓章句和集注,是对经文的一种注释文体,章句采取逐章逐句串讲、分析大意的方式,集注主要采取集合众人注解的方式。朱子从青年时代开始直到生命的最后一刻,都在为四书进行章句集注。

朱子为何如此重视四书?这个问题要先从秦汉以来中国的儒学发展说起。

四书包括《论语》在内的这些儒家经典,在先秦至汉初并没有受到重视。直到董仲舒"罢黜百家,独尊儒术"主张的出现,孔子的思想才得到了社会的肯定。于是，记载孔子及其主要弟子言行的《论语》开始被社会推崇，从此也开始了儒家学派的复兴。然而，《大学》《中庸》《孟子》三书，起初并没有受到汉儒们的重视。比如，《汉书·艺文志》把《论语》列为六艺类，而把《孟子》列为诸子类。这说明在刘向、班固等大儒的心目中，《孟子》连做六经传记的资格都没有。而《中庸》与《大学》也仅仅是汉儒戴圣所作《礼记》一书中的篇章，在当时的影响也十分有限。

到了魏晋时期，注释《论语》的人空前增多，其地位已经和"经"相等。而《孟子》《大学》《中庸》直到经过了唐代韩愈和北宋二程（程颢、程颐）等几代人的努力后，才受到了学界的重视。二程尊奉《中庸》，并把《大学》抬高与《论语》《孟子》并提，开启了宋代理学的思想大门。四书在经历了千年的沉寂之后，终于整体绽放出光芒。

朱子的学问道统本自二程，其父朱松、其师李侗都是二程的传人，在他还是幼童时便开始学习四书。可以说，朱子对四书有着优于常人的感悟，但这并不足以成为朱子去作四书集注的原因。朱子广阅群贤，所涉经书浩如烟海，所以要作四书集注，在于他所构建的理学体系的需要，是他以"体用一源，显微无间"方法论做出的由博返约的选择。

乾道六年（1170），朱子在寒泉精舍完成太极本体论和天人合一世界观后，准备着手组建他的理学体系，恰在这时，发生了他与好友张栻及其湖湘同仁的论战，朱子感觉到当时的学界甚至包括理学界，在"仁说""心说""性说"等问题上尚存在诸多分歧，于是，他决定以传续二程理学道统为己任，通过对四书学的解注，以正学界之偏颇。

在寒泉精舍的书房里，他重新翻开之前对四书的解注旧稿，开始进行更加细致的梳理完善。乾道七年（1171），完成《大学章句》，取自他之前撰写的《大学集注》修改而成。乾道八年（1172），完成《论孟经义》，由他之前写的《论语要义》和《孟子集解》经修改合并而成。乾道八年，完成《中庸章句》初稿，也是在他之前《中庸集解》基础上完善而成。所有的修改和完善，既有自己的思考，也结合了友人的意见。比如把《大学》的集注改为章句，是因为朱子觉得像《大学》这样的著述，不宜脱离篇章大意而去作词句的局部注解，那样会偏离了著作的本意。而把《中庸集解》改为《中庸章句》，也是在他与好友吕祖谦、张栻等人的反复论辩后，做出的改动。

朱子就这样展开了对四书的注解。离开寒泉精舍后，朱子曾经就职南康军，等到罢官回来，他在武夷精舍又对《四书集注》进行多次修改。此后不停修改，直至在考亭沧州精舍临终前的病床上，朱子手捧《大学章句》还在字斟句酌。

朱子第一次对四书开始注解，是年轻时在同安任上所作的《孟子集解》，从那时起一直到临终前，朱子用了近四十年时间，完成了这部《四书集注》。

无论章句还是集注，引用先人的解注是成书的方式。经过朱子的反复筛选，《四书集注》先后引用了：先秦、汉、魏等朝先贤的论著，更多的则是北宋时期，如二程、尹淳、谢良佐、杨时、游酢、吕大临、张敬夫、胡安国等众人的注解。在注释方式上，他注重阐发四书中的义理，并加以引申和发挥，其意已超出四书之外。在编排次序上，首列《大学》，次列《论语》和《孟子》，最后列《中庸》。朱子的意图是要人先读《大学》，以定其格局；次读《论语》，以立其根本；再读《孟子》，以观其发展；最后读《中庸》，才能求到古人的微妙。

《大学》，朱子视其为修身齐家的规模和为学的纲目。《中庸》，朱子认为它是孔门传授心法的经典，是理学的精髓。而《论语》和《孟子》，朱子认为必须精之熟之，才能见到圣贤的真意。朱子曾跟弟子们说：若理会得此《四书》，何书不可读？何理不可究？何事不可处？足见《四书集注》的博大精深。

总之，儒家经典那么多，朱子为何选择作《四书集注》，目的不仅仅是整理和规范儒家思想，传续和贯彻儒家精神，其更主要的目的是把四书纳入自己的理学体系，用四书的要义作为构建自己整个思想体系的核心。

《四书集注》是朱子毕其一生精力完成的巨著，经过短暂的风雨冲刷，后来被历代统治者所推崇，从此四书超越了五经，成为中国读书人首要必读的科目。南宋宁宗朝开始，至元、明、清三代把《四书集注》列为官学的法定教材，其经义注解则列为科举考试的标准答案。程朱理学因此书成为官方哲学，对中国宋代以来的社会及人文产生了深远影响，直到今天，还在人们的世界观与价值观中随处可见。

朱子与五经

五经，指儒家《易经》《诗经》《书经》《礼经》《春秋》等五部著作，是南宋学界对经类书籍的定位。

中华文化源远流长，历代产生的典籍浩若繁星难以数计。从汉代刘向、班固等人开始，对诸家典籍进行了甄选和分门别类的处理，他们以"经、史、子、集"为顺序，囊括了先秦以前的重要著作，其以"经"为各类之首的安排，一直影响到后世中国。

最早对经进行归类的是孔子。他将先秦时期的《诗》《尚书》《礼》《乐》《周易》《春秋》等儒家著述统归为经类，称为"六经"。到了北宋，经类拓展到了"十三经"，分别是：《诗》《尚书》《周礼》《仪礼》《礼记》《周易》《左传》《公羊传》《谷梁传》《论语》《尔雅》《孝经》《孟子》。十三经因为体系庞大，给读书人增加了学习难度。如何由博返约提高进学效率，北宋四子等一批人积极引导学界把经学的重点回归到六经上来。但他们只是先驱者，促使经学实现精华式改造的，正是集理学之大成的朱子。

淳熙二年（1175），朱子先是与吕祖谦共同完成了《近思录》，其主要目的就是指明读书人先读《近思录》，再读四子，再读六经的求学便捷之道。而尽其一生工夫完成的《四书集注》，本身就是从十三经中摘取的《论语》《孟子》及《礼记》中的《大学》与《中庸》而来，他以博览群书的经验，通过择优的方式，告诉整个社会：读书要做选择，不是什么书都读；读书要讲次序，不是拿起书就读。朱子曾经对学生说过：学习四书，花的工夫少，成效多；而学习五经，花的工夫多，成效却少。朱子之后，四书盖过了五经，成为读书人的经中之经，人们只要熟读四书，就可以登科入仕，实现人生价值。它极大地改变了教育格局，让读书人免去了无所适从之苦，提升了全社会的学习效益。

朱子把重点突出、次第推进的思想融进其理学内容体系，《四书集注》无疑是他经中之经的重点，而次第推进的内容则包括了经类大部及史、子、集等部类的少数著作。因五经地位特殊，朱子下的功夫最多。

朱子自小在父亲和先生们的教导下成长，精通经史子集。精通才能扬弃，首先，他遵循道统以孔子说的六经为经，并以《乐经》已失，提出经类可改六经为五经。随后，他对五经学展开了全面梳理和论述。

在《易经》上：淳熙十三年（1186），朱子完成《易学启蒙》，该书的亮点是按"理一分殊"原理把此前各执一端的义理易和象数易统一了起来；两年后，朱子完成《周易本义》，他在书中大胆提出"《易》就是卜筮之书"的论断，告诉人们《易》的本义是既要在一卦一爻中求理，更要在个别的卦象中求得普遍的理。指出只有认识到名物为象数所依，象数为义理所设，才能明辨《易经》主旨。此后，这本世间最难读懂的《易》在读者心中有了得其要领的所在，中国现代国学大师钱穆曾因此评价"此为朱子治《易》之大成绩"。

在《诗经》上：朱子几乎颠覆了汉唐以来的权威。关于《诗经》，在很长的时间里只是纯文学作品，直至汉初，当《毛诗序》出现后，《诗经》被套上了道德、教化和政治的枷锁。千百年来，儒生们谨遵此训，无一例外。朱子先是在隆兴元年（1163）首次完成《诗集解》，后经三次修改，从发现毛诗的问题到大胆抛弃二程、张载等先辈们的注诗观点，于淳熙四年（1177），完成《诗集解》。他在《诗集解》中鲜明地阐述自己的观点，摒弃毛诗所谓"诗要发乎情，而止于礼义"的教条，提出："读诗，全在讽诵之功。"强调《诗经》的本旨无非在告诉人们：人有感而言发是天性，言发而不能尽则必发于吟咏，吟咏则必有身体及音响的律动，诗，于是产生。诗，没有那么多牵强附会的大义，它来自生活，发自本心，陶冶性情而已。《诗集解》继承孔子"思无邪"的真传，为后世还原诗本自然的认识论作出了不朽贡献。

在《礼经》上：朱子仅以《仪礼》为经，反对王安石以《周礼》和《礼记》为经的主张，指出二者只是后人注解的"传"，不能与"经"混淆。朱子从18岁考订《诸家祭仪》开始，一直到临终前还在修《礼书》，为后世留下了《祭仪》《弟子职》《女诫》《古今家祭礼》《家礼》等多部礼学专著。他一生精于考证，坚持古为今用，强调学礼要以社会风教应用为主。因古代《仪礼》已几近佚失，他把自己的礼学著述纳入经学，期以规范社会和人伦秩序。事实证明，朱子的《家礼》后来不仅在中国得到了普及应用，这本产自闽北乡间的礼书，还在高丽李氏王朝成了治世圭臬。

在《书经》上：朱子终其一生未曾为《尚书》注传。不过到了晚年，他特地委托弟子蔡沈作《书集传》。蔡沈不负重托，《书集传》代表了宋代《尚书》学的最高成就。

在《春秋经》上：朱子曾对学生说过一句话："春秋难看，此生不敢问。"综观五经，朱子对《春秋》不仅没有留下片言撰述，还力诫学生勿治《春秋》。是他读不懂《春秋》吗？事实恰恰相反，朱子是在读透了《春秋》后才做出的论断。被后人称为"微言大义"的《春秋》，由于叙述太过简练，读者看《春秋》只能靠猜测或借助后人自圆其说的注解，令人难以领会圣人的真正用意。朱子针对弊端，做了三点处理：1.《春秋》不宜为经，只能做史；2.为《春秋》作传的《左传》《公羊传》《谷梁传》由于偏离大义自圆其说，也不能为经；3.为弥补五经中史学的欠缺，作《资治通鉴纲目》《八朝名臣言行录》和《伊洛渊源录》以补经史之缺。

朱子的经学思想，以四书为经中之经，五经为次；五经中，又以《易经》《诗经》《礼经》为重，《书经》《春秋》次之，甚至不提《春秋》。朱子治经，一脱汉唐经学束缚，二弃宋儒理义说教，三求本真务实经用。

他探古求源而不抱残守缺，求真务实敢于离经叛道，诚如钱穆先生所说：朱子的经学前无古人，后无来者。

（以上五篇讲朱子理学思想主要来源）

三魁之会

南宋绍熙三年（1192）腊月，建宁府建阳县三桂里的考亭村，朱子考亭新家的清邃阁里，三位南宋顶级人物围炉而坐，谈笑风生。

围炉而坐的三位，分别是：朱熹、陈亮和辛弃疾。

朱熹，字元晦，凭借其理学的成就当时已誉满天下。

陈亮，字同父（甫），理学浙江永康学派创始人，具有极高的理学与文学造诣，且擅长军事，文武双全，是英气猛锐的学者，堪称人中翘楚，学界大儒。

辛弃疾，字幼安，南宋爱国名将，词国领袖。其为官，以果敢忠勇名震朝野；其写词，慷慨激昂雄浑奔放，又不失清新婉约铁血柔情，是南宋词界最杰出的人物。

还是在淳熙十四年（1187）的冬季，三人曾约好在上饶紫溪会面，由于朱子的意外失约，会面失之交臂。这次相会考亭，除了弥补五年前的错过，更因三人非同一般的交情。

朱子与陈亮，和而不同，是君子之交。朱子当年将爱子朱塾送往吕祖谦处受教，同是浙学派领袖人物的陈亮也成了朱塾的老师。朱陈二人在道德品格和政治立场上高度一致，也因有道德救世与事功救世的英雄所见不同，而有了二人几乎一生的论辩。不过尽管如此，却丝毫没有影响他们的情谊：朱子老来失子，安慰最多的是陈亮；交流思想，通信最多的是陈亮；晚年朱子获得最实在最高评价的也来自陈亮。

朱子与辛弃疾，一个是儒宗，一个是豪杰，道德品格和政治立场高度一致，如双子星座熠熠生辉于那个时代。就在绍熙三年的春天，辛弃疾被重新起用，派往福建任职，在江西隐居十多年后重新出山，辛弃疾急于面见的人是朱子。因为在他心中，朱子是足以担当帝师的人，长于治军疏于治民的幼安要来向元晦问政。在南下福州赴任时他特地前往建阳求政于朱子，朱子那次送了他三句话："临民以宽，待士以礼，驭吏以严。"辛弃疾在不久后的福建安抚使任上，完全采纳朱子的意见，在福建帅位上留下了可圈可点的政绩。

辛弃疾与陈亮，则堪称中国历史上最走心的金兰之交。能文尚武的二人，连相识都带着武侠之风。辛弃疾那时赋闲在铅山瓢泉养病，陈亮策马驰骋数百里从永康来会。身佩长剑的陈亮，骑一匹红如赤兔的骏马，在夕阳与白雪辉映的山道上乘风而来。行至辛弃疾的瓢泉别墅门口，一座桥挡住去路，赤兔惧水不肯过桥，主人三次驱赶三次退却，陈勃然动怒，拔剑斩落马首，徒步过桥。辛弃疾此时正在楼上观望，见来者如此行为，不胜感慨！要知道当年的辛弃疾也曾率领五十死士突袭敌营，在数万敌阵中活捉目标，气吞万里如虎。正所谓英雄同心，其嗅如兰，两人一见如故。

朱子、陈亮与辛弃疾，他们三人更像是先秦时代的士，身佩长剑，忠肝义胆；手捧书卷，正气凛然。

绍熙三年（1192）冬天，已在考亭安居的朱子，决定在大同山为亡子朱塾封墓门定葬。十一月的一天，陈亮带着为弟子写好的墓志铭，亲自前来吊祭。随后，朱、陈二人又开始了他们的义利王霸之辩。这是二人平生最长的一次辩会，其间因辛弃疾的加入，会面一直持续到第二年的正月。

陈亮来考亭的时候，幼安正遭遇免职的冲击。他在这年福建的执政中，尽管取得了百姓爱戴的政绩，但也触动了地方乡绅遗老的既得之利，特别是因打击贪官污吏而招来了报复，导致未在福建干满一年的他被免去安抚使之职。绍熙三年十二月，幼安接旨召赴行在（临安）待命。在离闽北上临安途中，听说朱子与陈亮都在考亭，不顾已近年关春节，幼安调转马头，来会朱陈。

这是迟到了五年的三魁之会。朱子与陈亮的辩论似乎永不停息，但不像鹅湖朱陆的辩论，没有面红耳赤，他们相敬如宾，分手时还流露了依依不舍的深情。面论中，朱子没有退让自己的观点。陈亮的思想倒是发生了变化：他对朱子的道德之说从坚决排斥转向与事功说可以互补统一的认识；对朱子告诫自己"少点豪气，多点儒气"的建议也有了反思。幼安是带着壮志难酬的人生感慨来赴会的。曾经向好友陈亮写的"了却君王天下事，可怜白发生"又成了他此时的心理写照，为什么赤胆忠心的自己总是难以了却君王天下事？问题到底在哪里？朱子手书"克己复礼""夙兴夜寐"两幅题字送给幼安，希望辛弃疾能克服刚愎自用的不足，勤勉行政，为国尽忠。他们在考亭无所不谈，从腊月到第二年正月，在闽北质朴而热情的春节里，度过了三人一生难忘的时光。

绍熙四年正月的一天，清晨的考亭，一缕阳光初照，院中，三人晨起。望着均已老态的元晦和幼安，依然保持着健硕身体的陈亮微笑着说：我要为三人写像赞。麻阳溪畔的清邃阁，从此留下了陈亮对南宋三魁的生动刻画。

像赞的意思大致是这样的：元晦，您是具有阳刚正气的人中之龙，身为儒宗而有桀骜不驯的道骨，因之而为天下人所冷遇，但依然能执着于天命，坚持于真理；幼安，您是文中之虎，将相之才，怎奈鼠辈当道，真才难施。期许上天来宠幸，让您这只真虎担当国家重任；同甫，我虽然服貌粗野，秉性至愚，但我就是我，文武双全的我，才是当今天下真正的人中之龙，文中之虎！

可爱而自信的陈亮，说的都是实话。晦翁以文是人中之龙，幼安以武是文中之虎，唯有同甫文武双全。

三位南宋最具骨气的巨子，就这样轻松愉快地结束了相会的时光。考亭之会成了他们人生格局的一次转折：陈亮在第二年的科举中，以一篇道德文章与事功思想统一而不可偏废的新说《廷对》，得了状元；辛弃疾在数月之后果如陈亮所愿，得光宗皇帝之幸，再次获职福建安抚使；而朱子也如幼安所愿，即将迎来他的帝师任命。

（历史实无三魁之会，此文盖作者憾未实现三贤之约会而作）

庆元之殇

南宋宁宗赵扩庆元初年，爆发了一场中国历史上著名的道学禁锢运动，史称庆元党禁。

创立于北宋中期的道学，到南宋孝宗乾道、淳熙年间，在朱子等人的发展推动下，其影响已遍及整个南宋全境，并超越其他学派而取得主导地位，并出现了朱熹、张栻、吕祖谦、陆九渊等一批道学宗师，构筑起道学内部学派林立的思想体系，其中以朱子的程朱理学最具影响。由于宋孝宗赵昚不喜欢道学，因而出现一面是道学在民间繁荣发展，一面是朝廷不喜欢、甚至屡屡打压道学的局面。好在宋孝宗只是心里反对，面上还是多有包容，所以，朱子等一批道学家尽管在政治上命运曲折，但他们却可以在朝野上品核公卿、裁量执政，对当权派进行批评，而当权者也会以手中权势对他们进行抑制和打压。孝宗朝道学与反道学势力的斗争，以一种伤筋不动骨的方式延续了数十年。到了孝宗淳熙末年，以道学派周必大与王淮并立宰相为标志,道学在朝廷上逐渐形成一股当权派势力,南宋开始进入道学派与反道学派分庭抗礼的新时期。直到庆元初年,引发了噤若寒蝉的庆元之殇。

绍熙五年(1194)六月,宋孝宗逝世,长期与父亲不和的宋光宗无视以孝治国的父训,拒不主持父皇葬礼。时任知枢密院事的道学派赵汝愚顶着拥权自立的压力操持葬礼,在一个皇族内戚叫韩侂胄的协助下,随后发动了一起皇权"内禅"政变,他们拥立光宗之子赵扩为皇帝,尊光宗为太上皇,南宋进入宁宗时代。赵扩登基后,封赵汝愚为左相,道学派在党魁赵汝愚的影响下,成为在朝势力的主流。

绍熙五年十月,经赵汝愚推荐,65岁的朱子接到宁宗诏命,拜命担任宁宗的老师——皇帝侍讲。朱子的济世痴心被再次点燃,他不顾年老体弱离开考亭,入朝受命。然而,这次迎接他的却是一场不复的劫难。内戚韩侂胄因参与了"内禅"政变,要求封官节度使,但遭到赵汝愚的反对。韩侂胄因此对赵产生怨恨,开始笼络反道学派、近侍势力及一批见风使舵之徒,伺机报复。因为朱子是赵汝愚引荐入朝的,又是道学的文化领袖,于是，打击道学政治领袖赵汝愚的行动，从排斥文化领袖朱子开始。

当帝师仅仅46天，由于近侍的谗言，朱子被免去皇帝侍讲之职。朱子随后辞去为他安排的荆湖北路安抚使之职，告老回乡。回到考亭后，朱子把所有精力都投入到讲学授徒和读书著述中，考亭成了天下士子朝宗的圣地。庆元元年（1195），一场大病令朱子左目失明，本有足疾的他变得上下不便，成了一名真正的病叟。年老抱恙、遁身世外的朱子，本以为可以就这样在讲学著述中安然老去，他没想到，被免去帝师仅仅是对他打击的开始。

庆元元年，有人以谣言诬告赵汝愚有谋国之心，韩侂胄于是乘机以"同姓可封王不拜相"的皇室家法进言，赵汝愚随即遭弹劾被罢去相位。韩侂胄一招得手，后续势如破竹。很快，一大批道学派官员相继遭谪遇贬，离开朝野。斩草须除根。这时，朝中有人以"考核真伪，而辨邪正"为名，罗列了40多名"伪邪"的道学党人，赵汝愚位列名首；有人大造"道学流而为伪，空虚短拙"的舆论；有人上书直指《太极图说》来路虚伪，说理学"无极而太极"是源于道家玄说的伪学；负责监察的官员干脆上奏赵汝愚有"十不逊"之罪,上书乞请处斩赵汝愚。

内戚韩侂胄彻底战胜了宗室赵汝愚。庆元元年冬,赵汝愚被驱逐出京,不久,含恨死于谪往永州(今湖南零陵)路上。党魁已灭,文魁朱子成了反道学派的众矢之的。显然,只有打倒朱子,才能彻底清除道学余孽。庆元二年(1196),震动朝野的庆元党禁开始了。

六月,国子监上奏禁毁理学之书,朱子的《四书集注》及语录著作皆在毁禁之列。十二月,监察御史沈继祖上奏六宗大罪弹劾朱子,诬告他不孝、不敬、不忠、玩侮朝廷、别有用心、有害风教。由于罪由荒唐可笑难以定罪,沈继祖又罗列了七宗大罪诬告朱子。关于这些罪名,以现代朱子学专家陈荣捷先生为代表的后世学者都做出过客观定论:"继祖颠倒是非,显而易见!"然而,尽管沈继祖的劾章百无一是,掌握话语权者便是终审判官,失去了话语权的道学党,再也无力为朱子还得清白。月底,朱子被免去其赖以生活的祠官职务,而反对派的清算还在变本加厉。

庆元三年(1197)正月,蔡元定被贬湖南道州,罪名是"佐熹为妖"。十二月,一份有59人的逆党名单被提请处置，皇帝准奏将所有逆党之人予以终身监禁，永为弃民。名单中，有曾经权倾朝野的宰相，有朱子及其道学同仁和弟子，甚至连陆氏心学和永嘉学派等非程朱学派的代表也名列其中。他们中的大部分人均为朝廷现官，身居要职。庆元四年（1198），这些曾经被世人无限敬仰的官员、学者，在被抛弃后的窘困耻辱中，有的变节投向了当权者，有的隐身江湖明哲保身，而更多的则在抑郁中悲凄死去。

那些依附新贵的人不想放过朱子，上书朝廷说："朱熹罪当处斩。"尚有公理在心的一些朝官则说："元晦实无大罪！"许多门人因受不了险恶的重压，纷纷离师而去，考亭的精舍里，只剩家人和几位誓死跟随的门生，陪伴着死无所惧的朱子。庆元五年（1199），一个叫蔡琏的人撰写70多页供词，欲致所有剩下的逆党于死地，好在这张杀气腾腾的供词被人发现多是诬告，朱子及逆党幸存者们最终逃过了劫命之难。

庆元六年（1200）三月，在党禁的余波中，朱子安然辞世，离开了他为之牵挂一生的人间。

庆元党禁，一场以文化为武器的政治迫害，虽在不久后便予以解除，但党禁带来的遗毒已传染人间，中国文化和中国知识分子因为这场国殇式的禁锢,此后再也没有了学派林立、百家争鸣的盛景。

朱子当祠官

祠官，是宋代设立的祠禄之官。领了这个官叫"奉祠"，实际上就是管理庙观，但可以住地自由，听凭自己安排，有职无责，是个拿钱不做事的官。比较受那些年老力衰或者有志于圣贤之学的士大夫喜欢，因为奉祠既可以获得维持生活的俸禄，还可以从事学术研究和讲学著述活动。

北宋设祠官，开始是为了安置那些年老的或是与朝廷意见不合的高级别官员，一般得要离任的宰相、参政，最低的也要州、府的主官，而年龄也要求在60岁以上，每届任期两到三年。这些规定在熙宁期间的王安石变法后放宽了。

朱子为官，人们大多只是讲他的同安主簿、南康知军、提举浙东常平茶盐公事、漳州知州、潭州知州、焕章阁待制兼侍讲等等职务，并以此计算说他一生为官时间仅7年之久（也有统计为9年的），而把他漫长的祠官履历给忽略了。祠官,也是官,而且是朱子特别喜欢的官。下面,就讲讲朱子的祠官生涯。

祠官分四个等级,从高到低依次是:提举、提点、主管、监等四个级别,又分内祠外祠,内祠在京城,外祠在地方,内祠地位高于外祠。祠官俸禄一般是该官前职务俸禄的一半,管够其生活所需。因为王安石变法放宽了政策,朱子在29岁那年,以县主簿的身份获得了他第一个祠官职务。

绍兴二十八年(1158)十二月至三十二年(1162)五月,朱子监潭州南岳庙,共三年五个月。这是朱子在离任同安主簿后请求获得的第一任祠官,其前任为监察御史,改授29岁的主簿朱熹,足见朝廷对已有大儒气象的朱子的重视。北宋以来,五岳庙皆设祠官,到南宋,东西南北中五岳仅南岳庙在宋朝境内,庙在湖南潭州(今长沙)衡山,朱子无需前往,只在五夫就职。监南岳,是祠官中的最低级别。

绍兴三十二年(1162)六月至隆兴元年(1163)十二月,朱子再监南岳庙,共一年七个月。绍兴三十二年五月,任期届满,朱子再上书请祠。六月,33岁的朱子获准再监潭州南岳庙。第二年(即隆兴元年)十一月,因朝廷另有武学博士的任命，不能再任祠官，遂于十二月结束监庙之职。

乾道元年（1165）五月至三年（1167）十二月，朱子又监南岳庙，共两年七个月。由于武学博士是个待次的官，需要等待空缺才能补进，朱子那时要负担一家老小的生计，觉得等待难以预期而影响生活维持，于是辞去武学博士再请奉祠。获孝宗皇帝恩准，36岁的朱子又获监南岳。乾道三年十二月，朱子被任命为枢密院编修，监庙随之结束。

淳熙元年（1174）六月至三年（1176）六月，朱子主管台州崇道观，共两年。崇道观在浙江天台县，45岁的朱子获得了祠官中的主管级别。孝宗帝虽面上不喜欢朱子，但却认可其忠心可鉴，与这次祠官并职的还有左宣教郎的任命，左宣教郎是文官职级，为文官37级中第26级，高于朱子之前的迪功郎职级，相应的，他的祠官级别也提高了。

淳熙三年（1176）八月至五年（1178）八月，朱子主管武夷山冲佑观，共两年。冲佑观在福建武夷山，是宋代著名的道观，朱子由于之前被任命为秘书省郎官，被免去主管台州崇道观，朱子不受新职，随即辞去秘书省职务，请祠而获得主管武夷山冲佑观。淳熙五年八月，朱子被任命为南康知军，冲佑观主管随之免去。

淳熙十年（1183）二月至十二年（1185）二月，朱子主管台州崇道观，共两年。淳熙九年九月，朱子因台州唐仲友事件离任提举浙东常平茶盐公事，年底请祠，次年二月，54岁的朱子获准再次主管台州崇道观。两年后，因任期满而离任。朱子随之上书再请奉祠。

淳熙十二年（1185）四月至十四年（1187）四月，朱子主管华州云台观，共两年。朱子在上任届满离任后的第二个月，即获准主官华州云台观，该观在陕西，其地早在金人占领之下，主管该观意图明显：管事是虚，俸禄为实。

淳熙十四年（1187）四月至七月，朱子主管南京鸿庆宫，共三个月。此次奉祠仅三个月，原因是当年七月朱子被任命为江南西路提点刑狱公事，祠职随之免去。

淳熙十五年（1188）七月至十二月，淳熙十六年（1189）一月至八月，朱子主管西京嵩山崇福观，两次共一年两个月。两次任期中间有20多天时间转任主管西太乙宫，西太乙宫在京城临安，属于内祠，地位极高。崇福观在河南登封县嵩山，其地也在金人占领区，奉祠的照顾意图明显。淳熙十六年八月，因被任命为江南东路转运副使而罢去该祠职务。

绍熙二年（1191）三月至四年（1193）十二月，朱子主管南京鸿庆宫，共两年九个月。绍熙二年初，由于长子朱塾去世，朱子辞去漳州知州请求奉祠，三月，62岁的朱子获准再管南京鸿庆宫。两年后，因就任潭州知州而离任该职。

绍熙五年（1194）十二月至庆元二年（1196）十二月，朱子提举南京鸿庆宫，共两年。绍熙五年十月，朱子被免去侍讲（即帝师）职务，随后请祠获准提举南京鸿庆宫，是祠官中的最高级别。此时，朱子的文官职级已升至朝奉大夫，为文官第19级，加上他的社会影响力，故有提举之任。庆元二年十二月，因"庆元党禁"冲击，朱子被罢去朝奉大夫和提举南京鸿庆宫，此后直至去世再无政治生涯。

综上，朱子一生当祠官共12次21年。如果加上他的7年有实职的官职，朱子一生从政28年。

从朱子的祠官履历中，可以发现几点：一是宋朝对官员的优待，祠官制度的设立体现了朝廷对有功之臣的照顾；二是朝廷对朱子的认可，这点从朱子屡次申请均获准奉祠中显而易见;三是朱子志在圣贤之学,不热衷周全仕途;四是朱子的凡人之需,朱子常辞去实职,而坚持申请祠俸,体现了其务实为本的常人之心。

说说《朱子语类》

人们读朱子，研究朱子，特别是系统全面地研究朱子，离不开一部著作，这部著作就是《朱子语类》。

先说说《朱子语类》这部著作是怎么来的？

《朱子语类》的编撰者是朱子的私淑弟子黎靖德，所谓私淑弟子，是指未入其门而得其真传的弟子。黎靖德于南宋景定四年（1263）完成该书编辑，咸淳六年（1270）刻印出版行世。该书共140卷，250万余字，是一部大著作。主要记录朱子与门人弟子讲学时的问答笔记，也有朱子只说给门人听的语录。《朱子语类》的初始记录时间是乾道六年（1170），到庆元六年（1200）朱子临终前四天止，共收录了14200余条语录。朱子一生从事讲学，门人弟子对他的讲话和答问都有做笔记，朱子辞世后，门人对这些记录进行编辑刊印，前期有多种版本，详略不一。其中主要有南宋嘉定年间李道传辑录朱子门生廖德明等32人所记的，刻印于池州的《池录》；有嘉熙年间李性传辑录朱子门生黄榦等42人所记的，刻印于饶州的《饶录》及门生蔡杭等23人所记，也刻印于饶州的《饶后录》；有咸淳初年吴坚采以上三录所遗漏的四人之记，刻印于建安的《建录》。还有按分类编辑的，有嘉定年间黄士毅所编，刻印于眉州的《蜀本》；有淳祐年间王佖续所编，刻印于徽州的《徽本》。以上五种书称为三录二类，同时流行，由于互有出入，又翻刻不一，讹误由此滋生。后来，黎靖德融汇了以上五种书，对有出入的部分进行整理完善，删去重复的有谬误的语录1150余条，然后以类归纳编辑成书，名为《语类大全》，也叫《朱子语类》。该书传世后，受到了社会的极大关注。当然，朱子所说的话，也常因时间或对象的不同，及抄录者理解力的不同，还有不少互相矛盾的地方。后世学者对此还做了一些整理完善，如明成化九年（1473）的陈炜刻本、清《四库全书》本，民国胡适的《朱子语类的历史》等，都是对该书详尽考据的代表。

那么，这部大书的内容具体有哪些呢？

以卷章来看，该书从第一卷《理气上》到最后一卷《论文下》共140卷。

以类别来看，包含了理气、性理、鬼神、知行、力行、读书、为学之方、训门人、杂类等26个门类。

从编排次序来看，首论理气、性理、鬼神等世界本原问题，强调以太极、理为天地宇宙之本；次论性情气质、仁义礼智等伦理道德及人物性命之原。无非告诉人们有天地然后有人物，有人物然后有性情欲望，而仁义礼智的道理，则是人们把握性情控制欲望的根本。再论知行、力行、读书、为学之方等认识论之法，又以四书五经的问答语录展开，进一步为前面天地之本性命之原的道理明辨笃行。尤其在训门人中，全面解答了门人的各种问题。对孔子、孟子、周敦颐、程颢、程颐、张载、邵雍及朱子等均有论述，主要是以他们的言传身教来求正前面所说的道理。同时也对老庄佛陀之说展开议论，以异端之说会蒙蔽真理，强调必须予以坚决排斥方能维护好儒家之道统。最后对当朝及历代君臣法度人物进行议论，旨在说明此理之行于天下与否，乃是治与乱、兴与衰的原因。对那些不可以归类的部分，则用杂类归纳，最后以论文结尾。该书在形式上虽和《论语》相似，都是问答式的语录体，但内容组织上层层推进，逻辑性极强，改变了《论语》在组织形式上结构涣散的弊病。

从内容长短来看，最长的部分是卷第十六《大学三》，共辑录了253条，讨论《大学》经文；最短的部分是卷第八十八《礼五》，仅录了8条，讨论《大戴礼记》。

内容涉及哲学、自然科学、政治、史学、语言学等方面，体系庞大，析理精密，层层推进，《朱子语类》虽不是朱子所定，但反映了朱子学说的大要及基本思想，是研究朱子的重要资料。因书中引用了大量的问答对话语句，语句又大多保留了当时特别是闽北当地的方言，故该书还可以作为语言学的重要资料，用以研究南宋特别是闽北一带的语言。

参与《朱子语类》记录的共有门人弟子101人，其中不知名者四人，同录者三名，所以《语类·序目》所列的《语录姓氏》里有姓名的94人。最早开始记录的人是杨方，他是隆兴元年（1163）进士，于乾道六年（1170）开始辑录，那年朱子41岁，其学问大旨和经学理论都已成熟，或许也因如此，朱子方才让弟子们开始记录他的语录。最迟记至何年，为谁所录，实际上没有准数，只能推测。门人蔡沈在他的《朱文公梦奠记》中说朱子临终前四天还在和弟子们解说《西铭》，而《朱子语类》卷九十八有关于《西铭》30余条，卷一○七有十余条，记录这些条目的人有好几个，所以，最迟记录是否为去世的那年，也只能推测可能是，而为谁而记，就无法确定了。

《朱子语类》以问答形式出现居多。通常门人有问，朱子即予回答。这点也教为有力地反驳了某些西方学者丑化中国古代教育"只说教，不互动问答"的偏见。事实是，朱子特别重视学生发问，他曾经不满意学生的不提问："近来全无所问，是在此做甚工夫？"朱子回答学生提问因人而异，或厉声回答，或立刻回答，或良久回答，或笑而不答，但都极为亲切。《朱子语类》在这方面，还为后人提供了研究中国古代教育模式和特色的样板。

对《朱子语类》于后人的作用，用朱子本人在编辑程颐语录时的观点："伊川在，何必观；伊川亡，则不可不观矣。"朱子语录的价值，亦可作如是观。

从困学走向中和

半亩方塘一鉴开，天光云影共徘徊，
问渠那得清如许？为有源头活水来。

朱子写的这首《观书有感》相信大家都很熟悉，但是却很少人知道这首诗的写作背景。

大家都知道，朱子曾在青少年时代深受佛学影响，以致后来有过一段困学时期。绍兴二十八年（1158），29岁的朱子从五夫步行三百里到剑浦拜李侗为师，目的就是为了解决身上的佛家禅气，走出困学。

李侗对朱子说："我们儒家与佛家最基本的区别在于理一分殊。"

"佛家也有理一分殊，如'一花一世界''大千世界'等等。"朱子不解。

李侗说："儒家与佛家在理一分殊的侧重点上完全不同。"

李侗认为,佛家专攻"理一"重在"悟",所以佛教徒们终日都在"修行",不理世事,修行的目的在于从"悟"中感知天理;而儒家是在"理一"的基础上来指导"分殊",且侧重点在于"分殊",重在实践,在齐家、治国、平天下中体现自己的价值,在实践中体现天理。那么,儒家如何认知"天理"呢?李侗认为要"主静",因为每个人的心中都蕴藏着"天理",只有通过"默坐澄心",以"静"来"摄心",才能够发掘出心中的"天理"。

朱子从李侗那里学到了儒家和佛家在"理一分殊"上的不同,还有通过"主静"和"主悟"来体认"天理"方式的不同,明白了儒家和佛家到底是不一样的,身上的禅气在逐渐褪去。

然而,照李侗所说,人只要静坐无杂念,心存的"天理"便会出现的这个说法,朱子还是觉得难以实现。

朱子回到五夫后,继续在他的"困学"室里研读经典,以求突破。不久,他发现了一个关于"中和"的概念,认为人要是能达到"中和"的境界,便可得见于"天理"。

如何才能到达中和境界,《中庸》用"中""和",

"未发""已发"等概念来加以阐述。《中庸》说:"喜怒哀乐未发,谓之中;发而皆中节,谓之和。"意思是说:喜怒哀乐等情绪没有向外表露的时候,叫作"中";表露出来并且又合乎规矩法度,叫作"和"。先哲们虽有解译,但在如何到达"中和"上,如何处理"未发""已发"的问题上,并没有具体的指导,朱子一时还理会不畅。

此时,朱子听说湖湘学派对未发已发的中和说有独到见解,于是,朱子动身访学湖湘。

隆兴二年(1164)九月,35岁的朱子赴豫章拜会湖湘派掌门人张栻。在未发已发问题上,湖湘派秉持"性为未发,心为已发"的思想,认为人性属"中",与《中庸》"喜怒哀乐未发,谓之中"的观点极似,但他们认为人的好坏取决于后天修为,强调"知"与"行"的重要。指出天道存在于人的本性中,"和"的境界在于已发的心是否能遵循于天道。要达到天道,必须要学,学然后能知,知然后能用,用方能体认出天道。这个道理通俗地讲就是:天理存在于人性中,是未发的;而人的心是能动的,只有通过学习和提升修为,才能在人心指挥下的言行中展现出人性中的天理。

湖湘学派认为人要达到"中和"的境界，关键在于"察识于已发"。其实就是要求人们去辨察日常的言行是否合乎规矩法度。

通过与张栻的交流，朱子明白了未发已发其实就是一件事，那就是"求仁"，就是"致中和"。因为"天理"就是仁义礼智信的总名，而"致中和"则是到达"天理"的手段。如果只一味去纠结未发已发的工夫，难免会本末倒置，不知所以。"求仁致中和"的关键则在于如何加强日常的涵养。

张栻告诉朱子说："湖湘学求仁致中和的涵养方法就一个字，敬。"

而李侗曾经说："涵养须用静"；佛家则说："须用悟。"

"玄机"终于被点破：一个人若没有对世间万物心存敬意，他的喜怒哀乐通常是不考虑是否符合规矩和法度的，即使他已发的喜怒哀乐符合规矩和法度，也可能是摇摆不定的。这就是为什么有的人表面上看是好人，而实际上却是个坏人，而反之，若一个人对世界充满敬意和爱心，即使他长相粗鄙，他的喜怒哀乐也一定是符合规矩和法度的。

朱子终于领会了。他彻底否定了佛家的"主悟"禅心,完成逃禅归儒。也超越了老师李侗的"主静"思想。

乾道二年,37岁的朱子终于走出困学,在五夫朱家门前的半亩方塘边,怀着喜悦的心情写下那首著名的《观书有感》。"半亩方塘一鉴开"形容自己闭塞的心已被打开,"为有源头活水来",用"源头活水"比喻"主敬"的涵养方法,形容自己的内心因为有了"主敬"的光芒已变得清澈透亮。

"涵养须用敬,进学则在致知"此后成了他生平学问的大旨,也成了他求仁致中和的不二法则。

朱子解经故事

——以"民可使由之，不可使知之"为例

大家都知道，《四书集注》是朱子最具代表性的一部著作，这部著作后来对中国社会产生了重大影响，从南宋末期开始，至元、明、清三代都把《四书集注》列为官学的法定教材，其经义注解则列为科举考试的标准答案，可谓是中国宋末800年来的官方哲学和民众圣经。很显然，这部著作一定充满了无限魅力，而魅力则源于朱子的注解。本篇以《论语集注》里的一则解经实例为读者展示朱子的治经水平。

《论语》有说："民可使由之，不可使知之。"

这是孔子说给学生的话，《论语》里没有对这句话进行解释，所谓微言大义，留下了太多让后人琢磨的余地。

最早是东汉的何晏作了注解，说："由，用也。可使用而不可使知者，百姓能日用而不能知。"此后，历代注经家都引用何晏的说法。翻成现在的意思就是："百

姓只能拿来用，不能让他们懂得道理。"活脱脱一个愚民主义思想。这个解说版一直到现代甚至到如今还被人津津乐道，拿来指出儒家就是个愚民不爱民的反动派，批判孔孟程朱就是个伪君子等等。

其实，这种说法只是何晏的一家之说，他并不能代表孔子的思想。关于这句话的大义，到了宋代，就有了不同的解说。先是程颐提出不同见解："圣人但能使天下由之耳，安能使人人尽知之？此是圣人之不能，故曰不可使知之。若曰圣人不使民知，岂圣人之心，是后世朝三暮四之术耶？故，非不使知之，乃不能使知之。"程颐的意思是说：圣人能使天下百姓由着自己的意愿生活，却没办法让他们人人都能接受道理。如果说圣人是不让百姓懂得道理，那岂不是圣人的心就是后世那些朝三暮四者的权术吗？这是不可能的。程颐走出了何晏断章取义单从字面解释的老办法，他联系了孔圣人的道德修养来作融会贯通的解释，完全超出了之前的释义。

这事到了南宋理学之大成者的朱子那里，又有了更加不同的解释。朱子在他的《论语集注》里这样标注："民可使之由是理之当然，而不能使之知其所以然也。理之所当然者，所谓民之秉彝、百姓所日用者也。圣人之为礼乐刑政，皆为民由之也。其曰不可使知之，盖不能使知之，非不使知之也。乃因民无可知理之必然之能力耳。使之知则知之必不至，苟必使之，则是强之，由亦不安，而知亦过之矣，是以必须自动追求，乃可知之。非能强使之知也。"朱子的意思：让民众自由的生活是理所当然的事，圣人所做的礼乐刑政等等治国措施，都是为了民可使由之。而不可使之知，是因为民众没有可以接受道理的必然能力啊，不是圣人不让他们接受道理和知识，而是对那些没有能力接受的，如果强行让他们接受，则会引起他们的不安，所以，知，得让百姓自动接受，而不是强迫他们接受。看看，朱子的注解完全站在儒家心怀天下，以仁政治国的高度来进行解释，其意和孔子及儒家一贯秉持的济世安民、治国平天下的思想高度吻合。

朱子上面的注解，是通过融汇作者（孔子）一贯的思想来对个别字句作深入细致的研究，跳出逐字逐句片面狭隘的注解窠臼，取得了完全不一样的注解效果。

朱子作《四书集注》前后用了近40年时间，他十分注意吸收历代特别是二程学派关于四书学的研究成果，然后融进自己的思想，经过慢推细敲反复修改而成。他注解"民可使由之，不可使知之"这句便经历三个阶段：少年时期，当他读到何晏的注解时，就觉得何晏说的不到位，但又无力进行反驳；青年时期，他读到程颐的注解，觉得程颐说得很好，予以了充分吸收；从浙东归来隐居武夷精舍的淳熙年间，朱子的经学思想已实现了超越，他重新对这句话进行了思考，觉得程颐的注解还不够圆满，他对学生说："《论语》虽然每句都说得实在，但言语零散，初看很难理会真义，一定要结合圣贤一贯的思想，在慎思求实中解出真义。"有学生问："程子的注解还不够准确吗？"朱子回答："程子的注解已突破了汉人的狭隘，但学问永无止境，我们应该在探寻圣人的思想上孜孜不倦。"

从朱子在"民可使由之，不可使知之"的解注中，我们可以看到朱子的解经思想：一是敢于对古人说不，不媚古食古；二是强调融会贯通，不断章取义；三是追求务实经用，不空谈道德文章。

朱子的解经思想为后世提供了遵循。读书，是件快乐的事，也是件辛苦的事。愿一切爱好读书写作的朋友们，都能在书中见到真正的大义，写出大义的文章。

朱子谈天理人欲

大家都知道朱子讲过一句话叫作"存天理,灭人欲",却很少人知道这句话的来历。后来,很多人把这句话当成朱子首创,且断章取义地去作字面理解,认为"存天理,灭人欲"是朱子理学"以理杀人"的元凶,用其来攻击和抹黑朱子理学。他们不知道,中国古代文字都有词约义丰的特点,"存天理,灭人欲"的内涵远不止于字面上的理解,朱子当年就进行了无数次深入浅出的阐述。下面就以朱子讲"天理人欲"的故事,来说说朱子的"存天理灭人欲"。

有一天,朱子给学生讲解他的伦理学人性论,推出了《礼记·乐记》中的一句话:"好恶无节于内,知诱于外,不能反躬,天理灭矣……灭天理,而穷人欲也者。"接着,他又抛出了程颐的话:"人心私欲,故危殆。道心天理,故精微。灭私欲则天理明矣。"学生们第一次听到老师说起"天理"和"人欲",而且是引用

《乐记》和程颐的话，他们不解其意。有学生问："先生，天理和人欲是非此即彼的对立关系吗？"朱子回答："是，也不是。他们的界限只在毫厘之间。"学生们异口同声："愿闻先生赐教。"朱子于是开始了一堂精彩的天理人欲课的通俗化讲解。

朱子说："以饮食为例来说，人的饮食，是正常的生理需求，是天理。而要求每餐有美味，则是人欲。"学生不解，问："味道美不美，想必是先生说的毫厘之差，界限在哪儿呢？"朱子回答："你问得很好，味的重点不在于美不美，而在要求与不要求，超出自己的能力去要求美味，就是人欲。""先生，照您这么说，要饭的乞丐想吃一盘肉也是人欲了？"学生又问。"天理中本无人欲，就如人性本善而无恶一样。是因为人后来染上了不良习气才会生出人欲来，所以，人欲是不正之欲。乞丐想吃一餐有肉的饭，是正常的需求，不算人欲，而如果他不顾自己不劳而获的事实餐餐想吃肉，就是不正之欲，就是人欲。"朱子耐心予以解答。

以上可知，天理和人欲是儒家经典上已有的概念，并非朱子首创。朱子以形象化的饮食为例进行解读，仅仅是其教导学生正确理解"天理和人欲"的个案，而在其格物致知的穷理课上，朱子还有许多深刻解读。

又一天，朱子在课堂上中再次端出程颐的话"人心私欲，道心天理"。朱子说："伊川（程颐）先生告诉我们，人心所谓私欲，是指人为了营生都有谋虑，这个谋虑便是人心，但谋虑并非都不善，所谓人心私欲，是指这个谋虑只要有一毫发不是遵从于天理发出，便是私欲。而道心，则是仁义礼智信的总和，遵从于仁义礼智信的，便是天理。"朱子继续："人心并不都是私欲，也有道心，也有天理；而那些原本都是天理的，却有一毫发把握不住的道心，也会变成私欲的人心。"学生问："前辈们都说，道心是天性之心，是与生俱来的稳定的；人心是人欲之心，与道心完全不同，您这样把人心与道心交互在一起，合适吗？"朱子回答："你的思考不能仅停留在教条上。如果人心都如此不好，那岂不是要灭绝人身才会显现出道心？这种杀鸡取蛋的做法能行得通吗？须知，人心中既有私欲也有道心，我们要做的就是保存人心中的天理，而去除人心中的私欲。"

朱子接着给学生们说："理和欲是相对的，人只有天理和人欲两途，不是天理，便是人欲。"学生问："先生，那定界在哪里呢？"朱子说："没有硬定的界。人的心,天理存则人欲亡,人欲胜则天理灭,没有中立的地方。"朱子告诉学生,理和欲的抉择,要在日常中就每件事上细思量,哪个是天理,哪个是人欲。并以现实提醒学生,南宋偏安处境危险,国人更应去除人欲奋发图强。人欲易沾,而放弃了的天理便很难恢复。朱子还用孟子的"寡欲"思想来引导学生,认为"欲"不在多寡而在于其邪正,私欲应该寡之又寡,以至于无;而出于天理而发的人心之欲,则不用言寡。仅靠寡欲来养心是不够的,要靠格物致知。

上述两则朱子解读天理与人欲的故事,基本表达了朱子的理欲论思想,不仅解释了饮食与美味之于天理和人欲的辩证关系,也从格物穷理的角度客观地阐述了人心中既有人欲也有天理,人欲不在多寡而在于邪正的辩证统一关系。朱子的饮食论并没有反对"天理"允许的美味,在程颐的"灭人心明道心"上也明确指出"不是靠灭绝人欲之身去彰显道心",而是要"保存人心中的天理,去除人心中的不正之欲。"这种观点已临近了否定程颐"饿死事小,失节事大"的非人性观。同样,他还在孟子"寡欲论"上表明了养心不在于寡欲,而在于明天理,去私欲。

朱子"存天理，灭人欲"真正的意思是：挖掘和保存人心中本来就有的天理，抑制和抛弃人心中容易产生的私欲。学生们终于豁然开朗，往圣经典的教条在先生的解读下客观可行，且充满着人性的光辉，正如学堂窗外的晨晖照亮了他们曾经疑惑的双眼。

朱子谈儒家道统

"道统"这个词，虽然由来已久，但多数人并不明白其真正含义，更不知道"道统"成为连词，是源于朱子首创。下面，就来看看朱子首创"道统"的故事。

大家首先要明白，所说道统的"道"，不是指道家的道，是指儒家的道。儒家认为自然与人文等万千世界中，道理最大。朱子曾经说过："天地没有形成时，理就存在着。因为有理的存在，所以才化生了万物，天下之大惟有理，这个理是可以统治包括君王在内的整个宇宙的理。"儒家把这个"理"也称为"道"。而"统"字则含有"正统"和"连续"的意思。唐宋以来的儒家学者公认是尧、舜、禹、汤，文王、武王、周公等人在实践中阐发了这个"道理"，而经孔子的总结后形成儒家学说，只有儒家学说才是正统的传道学说，但是这个学说传到孟子后却中断了。

朱子为了确立这个被中断了的正统学说，以纠正孟子之后、汉唐以来各种方枝曲学，异端邪说对人们思想的是非影响，提出了他的全新道统观。

有一天，朱子带着学生外出踏青，他们边走边讨论道统问题。这时，一座寺庙出现在路边，学生问朱子："先生，孟子之后，听说是释家继承了儒家真传？"朱子说："不是这样的，释氏言空，儒家言实；释氏以虚无为主，儒家以现实为主。怎么可能是释氏继承了儒家学说呢？他们与儒家在本质上是格格不入的。"走着走着，他们又来到了一座道观前，学生又问："先生，孟子之后，有人说是老氏延续了儒家真传，对吗？"朱子又说："老氏崇尚自然，效法天地，遵循宇宙之理，与我们儒家是一致的，但他们追求个体康健倡导社会无为而治，与我们以宇宙之理来指导经世致用的价值观是完全不同的，因此，他们也不可能赓续儒家真传。"

佛家和道家不是孟子之后的传承者，这个好理解，那么儒家自身为什么在孟子之后就说中断了呢？有个学生想不明白，于是又问："先生，汉魏以来有无数经学家为往圣的绝学作传（注解），他们之中就没有被公认的传承者吗？"朱子回答："汉魏以来的儒家先辈确实为圣人经典作过注经贡献，但他们的解注多拘泥于训诂之限，未有完全真正读懂弄通圣人真义者，我平常也提醒你们，不要把他们的传（注解）当成真经来读。这点，连唐代的韩愈先生都发现了，他提出的读古文就是要大家去读经，不要读传。所以，汉魏诸儒未被公认理所当然。""那么，韩愈先生应该算的呀？"学生就着话题接着问。朱子笑了笑，望着远处的青山，缓缓地说："韩子确实是一位值得尊重的先辈，他本人就曾以孟子之后的唯一传人自居。二程夫子也说，孟子以来，能懂道的，独有韩愈。只是，韩先生虽然长于道，一生也以行道济时为己任，却未免杂有贪位慕禄之私，我认为，他还不能算。"学生们听了，若有所思，觉得先生的话语还隐含着深意。有个学生打断了沉默，说："先生，您的观点与李元纲先生最近写的《传道正统图》思想是一致的，他认为孟子之后越过了汉魏，越过了韩愈，直接传到明道和伊川两位先生。"朱子也读过《传道正统图》，他大体赞同李元纲的观点，于是回答："是的，李先生说孟轲死而汉魏唐无传，直至本朝二程先生接续了孟子的真传。我基本赞同他的观点，但他还漏了两个人。""一位是先生您自己，另一位圣贤是谁呢？"学生们异口同声。"是周子，周敦颐先生。"朱子答。

儒家关于道学的正统传承，在孟子之前，以尧舜禹汤，文王武王周公孔子，颜子曾子和子思孟子作为代表人物是举世公认的。但孟子之后，唐宋两代诸儒普遍认为"孟轲死，圣人之学不传。"那么，是哪些人在孟子之后又赓续了儒家道统呢？这是个十分严肃和重要的问题，因为它关系到儒家理本体的纯正性和认识论的正确性。朱子十分重视道统的纯正，从他对学生的教导中，可以归纳出他的道统路线：尧、舜、禹、汤（商汤）、文王、武王、周公——孔子（集大成），（传）颜回、曾参、子思、孟子——周敦颐、程颢、程颐（三人接续），传朱熹（集百代之大成）。

之所以将周敦颐列入，是因为朱子在其重中之重的理学本体论构建中，吸收了周敦颐的《太极图说》，而将自己纳入，无疑是当仁不让，体现了自己以继往圣绝学为终身使命的历史责任和现实担当。

"道统"一词以连词出现首创于朱子《中庸章句序》："道统之传，有自来矣。"与其同时代的李元纲则有"传道正统"之说，再之前有言及道统意思的均以"道"与"统"分开阐述。中国儒家，自从有了朱子的新道统论，便以程朱理学为赓续孔孟绝学的正统学说，指引着社会从南宋以后学习实践直至今天。

附　录

附录1

建安书院

——辉耀在理学星空中的一颗璀璨北斗

中国历史上的书院是独立于官学之外的教育机构，一般为民办，官办，也有民办官助。它始于唐，盛于宋，延续于元、明、清，绵延一千多年，对中国古代文化教育和学术思想发展产生了重大影响。在宋代，中国南方书院发展尤为兴盛，涌现了诸如白鹿洞、岳麓、东林、鹅湖、寒泉、武夷、屏山等一大批世人景仰的著名学府，既补充了官办学校教育覆盖的不足，也为喜欢学术自由的宋人提供了著述讲学的场所。书院的功能一般有三：一是奉祀；二是讲学；三是藏书。一所优质的书院通常具备此三项功能。南宋理宗以降，朱子理学得到广泛推崇，朱子生前热衷的书院教育模式也得到进一步发展。理宗嘉熙初年，以朝廷的名义，在闽北建宁府城（今建瓯）营造建安书院，这是在朱子去世之后用以公开奉祀朱子和传播朱子理学的第一所书院。

下面，从奉祀、讲学、藏书三条管道，探寻后朱子时代熠熠生辉的书院之星——建安书院。

一、因奉祀而建

1. 理宗赐额御书

南宋嘉熙元年（1237），理宗皇帝到太学视察，随后诏令撤去王安石之祀而改祀周（周敦颐）程（二程）朱（朱熹）张（张载），朱子之祀经官方允许进入太学供奉。第二年，理宗诏书建宁府知府王埜，传训说："游（游酢）胡（胡安国）朱（朱熹）真（真德秀）流风未泯，表宅里以善其民。"（见王遂《建安书院记》）意思是：游酢、胡安国、朱熹、真德秀这些已逝的理学功臣，其流风虽经党禁破坏还尚存人间，应该在家乡建宁府地得到表彰，以引导百姓向上从善。当时，府城已在府学后院建有游御史祠，胡文定公祠，游胡二人已享有府学师生及府城百姓的春秋奉祀。而在理宗宝庆三年（1227），经朱熹三子朱在和长孙朱鑑的申请，也已在府城紫霞洲北营建了朱文公祠。只是，朱子当时的奉祀还仅限于家祠。1235年，朱子私淑弟子真德秀去世后，建人也为一生矢志传扬朱子理学的真德秀之离去深怀共惜。知府王埜①接到诏训后，大喜过望，发出"天子之所以命者，敢不敬谨"的欢叹。在他看来，游、胡二公之祀入官学于建宁府已有多年，唯独朱子和真德秀还未享有学者和乡人的共祀。于是，星夜书写朝牒，请奏皇帝恩准营建书院，以主祀朱文公，并祀真文忠（真德秀）。王埜的继任知府王遂②在《建安书院记》中记载了朝牒请奏之后的情况："上许之，山川之明豁，风日之清美，可以迎前修而来后学。乃临北津筑祠以祀文公，而文忠媲之，并祠而立斋舍，因室而营书院。"王埜的朝牒得到了皇帝许可，理宗很高兴，以建宁府旧名"建安"赐额"建安书院"，至准营建。嘉熙二年（1238），知府王埜在府治北、朱文公祠对面营造建安书院（在今建瓯第一小学、民政局、旧工会一带）。主祀朱文公，真德秀配享。王埜是一名极有理学造诣的官员，为了彰显理学道统，还在书院里建了一座"燕居堂"，用以奉祀孔孟等先圣。十二月（戊戌），理宗遣使送来御书"建安书院"，王埜将圣上御书制成匾额高悬书院大门，从此

---

①王埜，字子文，号潜斋，浙江金华人，进士出身，嘉熙至淳祐初年建宁府知府。
②王遂，字去非，号实斋，江苏金坛人，进士出身，淳祐中建宁府知府。

开始了建安书院迎前修而来后学的光辉岁月。

2.书院历史沿革

嘉熙二年(1238),王埜首创建安书院于建宁府府治北。后任知府王遂有《建安书院记》纪实于世。

元末,书院毁于明军攻城的战火(见清朱玉《朱子文集类编引言》之《又》:"元末建罹兵燹,院版寖失")。

明洪武十九年(1386),建安县知县余子恭[①]将建安书院迁入建宁府学,与府学合二为一。在府学尊经阁后建朱子祠,主祀朱子。朱子门人蔡元定、真德秀、黄榦、刘爚等四先生配享奉祀。原书院旧址改建为知府廨舍(官邸)。

清初戊子之役,府学遭兵燹尽毁。康熙三十二年(1693),瓯宁知县邓其文[②]深感先儒之学不可无存,遂在原明代福建行都指挥使司辖下之右卫指挥所旧基上重建建安书院(址在原都御坪县委县政府大院处),建中堂祀朱子及门下四先生并建州诸先儒:杨时、游酢、胡安国、罗从彦、萧顗、李纲、李侗、刘子羽、刘子翚、胡

---

①余子恭,江西金溪人,明洪武间建安知县。
②邓其文,江西崇仁人,监生出身,清康熙二十五年始任瓯宁知县。

宪、刘勉之、蔡沈等人。后院建文昌阁，右侧建讲堂、射圃，左侧创义学。改名"建溪书院"。邓其文以理宗曾御书"建安书院"事陈请天子御书，康熙帝准其奏，御书"建溪书院"赐为书院匾额（见清郑重《建溪书院碑记》："今天子崇儒重道，御书匾额，以阐儒宗。夫上之所向，下必趋之"）。书院重建后，清福建提学徐孺芳、清刑部左侍郎郑重均写有《建溪书院碑记》纪实于世。

康熙五十三年（1714），皇帝诏令天下学庙（学校里的孔庙）升先贤朱熹为哲。朱子遂进入孔庙大成殿十二哲之列。大成殿内，自孔子仪以下，四配十二哲中，孟子以后2000年，唯有朱子。主祀朱子的建溪书院，因再次尊享皇帝御书赐额，又兼社会尊朱敬朱日盛，迎来了劫后重生的高潮。

乾隆十九年（1754），建宁府知府史曾期[1]重新修缮书院。彼时，书院兴盛，师生众多，史曾期深虑久之无以为继，为长久养育计，遂会商建安知县姚廷格[2]、瓯宁知

---

[1]史曾期，江南荆溪人，举人出身，清乾隆十五年始任建宁府知府。
[2]姚廷格，贵州平远人，举人出身，乾隆十三年始任建安知县。

县章文瑗①并建宁府七邑之地,筹措脯资及膏伙费用,计算书院膏伙苗米银穀田亩数目资费分别摊入七地,以资长期供养。此次修缮及筹资供养事实,有建溪书院《杜昌丁记》纪实传世。

道光四年(1824),建宁府知府陈俊千②会同建安知县包幹臣③倡议建属七邑士绅捐资修缮书院,有建安县东屯村乡绅魏占离④主动提出独立承担修葺费用。于是:舆工集匠,购置良材。运瓦石以改置大门、二门于东偏,三门按原制重建。讲堂、奎星楼、松风堂等处均修葺如新。凡倾圮者均予正之。又在奎星楼前新建甬道七架,建书舍二十四间。后院营造冲亭官厅,左右厢房,厨厕备具。所需银钱三千五百九十三两零,魏占离全部承担,且亲自督理,不辞劳瘁,逾年告竣。书院修缮后辉煌金碧,焕然改观。知府陈俊千遂将建属七邑捐银移作修脯膳金及学生膏伙之资。陈俊千撰有建溪书院《陈

①章文瑗,籍贯及出身不详,乾隆十六年始任瓯宁知县。
②陈俊千,安徽凤阳人,进士出身,道光三年始任建宁府知府。
③包幹臣,安徽泾县人,举人出身,道光三年始任建安知县。
④魏占离,建安县东屯村人,道光年间著名乡绅。

俊千记》记录详情。

光绪三十二年（1906），废书院制，改建溪书院为建郡中学堂。民国，更名为福建省立第五中学，奉祀遂废。

二、因讲学而兴

宋代以来，遍布城市及山林的书院以其讲学授徒的能力，或名扬天下，或晦迹士林，以不同形态呈现于世人眼中。建安书院，因其规格之高，更有天时地利人和之势，所任山长、聘师均当时名流，所学众生皆七邑才俊。由宋泊清，以钦授之规格，传播理学之宗旨，敦本立行至重，讲学崇文至悉。讲肆有地，师资有人，廪饩有供，远近少年童子云集来学，成为千年建州、理学名城的皇华盛景。

1. 一流的山长

山长，是书院的最高管理者，也称长席，相当于现代学校的校长。建安书院自创建起，历任山长均为当时名儒。

南宋嘉熙二年书院创立，首聘蔡模为山长。蔡模，字仲觉，号觉轩，福建建阳人。其祖蔡元定，其父蔡沈，均为朱子得意门生。蔡模学识渊博，既是山长，也是讲师。聘师郑师尹,为朱子门人廖德明弟子。蔡模、郑师尹初入书院时的主要任务是整理校对朱子、真德秀遗书,以抢救庆元党禁以来被破坏的朱子著作及真德秀因早逝而未及整理的遗书。蔡模曾因丁忧离去,不久又再任山长。期间,除了整理遗作,他还完成了个人专著《易传集解》等多部著作。其教学,以天理人心之正,修己正人之方,致知学问思辨深受欢迎,书院开馆纳学,因之为一时之盛。

南宋开庆元年(1259),聘请林翼龙为山长。林翼龙,广东惠来人。以开庆元年进士授职建安书院山长,秘书阁正字。

南宋景定年间(1260—1264),聘请徐几为山长。徐几,字子与,号进斋,福建崇安人。通经史、精《周易》,以府学教授兼书院山长,教学深入浅出,擅长自撰经义为学生授课。

南宋咸淳元年(1265),聘请黄镛为山长。黄镛,字器之,福建莆田人。以明经入太学,景定三年(1262)进士,待次(等待授官)期间受聘为山长,完成《朱文公文集》之《正集》《续集》《别集》镂版刊印。后累官至参知政事、右丞相,加太傅,封涵国公。

元代，约延祐到至顺年间（元中期），聘请陈印翁为山长。陈印翁，名复臣，字德权，号可竹，浙江平阳人。以茂才异科由福建行省省宪举荐为建安书院山长。（见林淳《建安书院故山长陈公墓志铭》）

元至正间（1341—1370），聘请黄君复为山长。

明代，因余子恭迁书院于建宁府学，院学合一，山长通常由府学教授兼任。从洪武至明末，录入建宁府志《职官》府学教授名录者有60多人。其中多数为举人或进士出身，也有少数贡生出身的经史高才。教授，为宋代以后州、府一级官学的主管，既是该地最高学官，也是最权威的讲师，且授予官位，一般与知县同级。

清代，无具体记载书院山长姓名。但民国《建瓯县志》之《学校》有说："建瓯书院以建溪为人文荟萃之地，清代历任知府必聘名人主讲，称为山长。"又，建溪书院《潘锦记》有说："典书院教事者，始戊子丁酉副榜黄君棠，今壬午举人张君观海，例得备书。"由此可见，清代建溪书院的山长、聘师亦非平庸之辈，他们都是知府聘请的名师。如副榜出身的黄棠，举人出身的张观海。且酬金不菲，民国《建瓯县志》之《度支》有记："本府儒学教授、训导二员，俸银八十五两。"府学教授与建溪书院山长常互为兼任，他们的俸银必然相当。按清代的收入，年入白银四十多两的已是七品官员的俸禄，再加上书院还有膏火费、养廉银等项收入，任职山长之人待遇不菲，唯有硕儒方可委任。

2. 出色的学生

知府陈俊千在建溪书院《陈俊千记》里曾说："书院之设，原与学校相辅有成。但学校分隶各庠。书院则合一郡之人才。"自宋及清，建安书院一直都是建宁府官方承办，但它与同是官办的各县学、各乡学不一样。因为分隶各地的县、乡学校招收的仅是隶属地的生员，而官办的建安书院则可以择优录取建属七县（建安、瓯宁、建阳、崇安、浦城、政和、松溪）各地的学生。且看清代建溪书院的招生：分官课（公费生）和师课（自费生）两种，面向全府七县招生。官课生以每月初一和十六为取士日，初一那天，由知府先试众生，遴选后在当月十六那天再由建安、瓯宁两县知县轮流复试，最后按录取名额择优确定人选。师课生以每月初九和二十三为取士日，具体方法如官课生。公布录取名单在来年二月，先将建、瓯两知县初定的七县名单交由知府甄别，后揭晓录取。无论官课、师课，超等生员录取四十名；

特等四十名；乙等五十名。童生上等生员录取三十名；中等三十名；次等四十名。官课生可以获取足够的膏火（生活补助）费，而师课生仅领取微博补助费用。为了激励师课生，每月为他们专设一场考试，取前十名者予以膏火费奖励。每年新生录取后，知府并建安瓯宁两知县及书院山长，必带领众生首行先贤奉祀礼，接着行师生礼，次行君臣礼，再向山长和地方官行四拜礼。以上可见，书院取士机制完备，度支有力。府城尊师重道数百年来蔚然成风。

名师必出高徒，而招广则多良材。有一流的山长，七县的优生，建安书院培养的学生必然不俗。南宋以降，建属七邑人才辈出世人皆知，虽无法准确考据是否出于建安书院，但可从书院所在地建瓯人才的盛况来窥见书院教育之成果。以下例举建瓯史上考取进士人员的情况做个分析： 建瓯历史上考取进士功名者共有1158名（《建安纪事》统计），是中国仅有的18个千名进士县之一。而从嘉熙二年（1238）建安书院创立至清光绪三十二年（1906）废除科举后建溪书院改制止，600多年时间，建瓯共出进士205人，其中南宋后期89人，元代6人，明代87人，清代23人。观中国科举取士制度，宋代以前采取进士科无名额限定择优录取制，元代以后则实行按名额择优录取。无论有无名额限定，建瓯都是科举时代获取进士功名的全国大户。无疑，支撑它的正是其强大的教育力。当然，强大不能仅归功于建安书院。宋元以前，山林教育极其发达，无论在府学、县学、书院、甚至乡村家塾就读的学生只要有本事，都可以参加科举。明清两代，采取逐级遴选生员制，各地童生应先参加童试，试后成为秀才者应进入当地县学或府学或官办大书院继续学习，此后参加乡试，成为举人后方可参加礼部举行的殿试，最终获得进士功名。明代，建安书院与府学合二为一，进入研究与授学的全盛时期，是当地名校，七县秀才必以建安书院为心中首选。不计建属其他五县的学生，单就建瓯本地87名考取进士的人员，必多为建安书院的学生。清代，经过史曾期、陈俊千两位知府的完善后，建溪书院的教育力已超越了当地的府学和县学，建瓯籍23名进士也必多出于书院。而观明清两代建瓯进士不乏翘楚之才，著名的有：明代杨荣、郑赐、李默，清代郑重、郑方坤、郑方城等千古流芳之士。

当然，进士只是书院培养的人才缩影，还有无数止步于进士的举人（贡生）、秀才皆出于书院，他们更是当地传承理学，羽翼斯文的主要力量。

南朝名士刘义庆说过："窥斑可以见豹。"由于历史的久远和典籍的遗失，今天的我们已无法见到建安书院培养人才的全貌。但从历代书院碑记和当地人才的实况来看，其讲学之兴盛，育人之宏伟，可谓冠于一时而振于百世。建瓯县志所言"书院为人才荟萃之地"实已一言以蔽之。

三、因藏书而贵

古代书院都有藏书楼、藏书阁等建筑。藏书，是书院的必要功能。建安书院也不例外，创建它的重任之一就是为了整理校对朱子和真德秀的遗书。它不仅完成重任，还镂版印刻，保护有力，为后人留下了弥足珍贵的文化遗产。

1. 抢救及时

南宋庆元党禁时期，摧毁禁锢理学，朱子的著述遭到毁灭性的破坏。嘉泰三年（1203），朝廷虽然下诏解除党禁，但破坏的伤口需要时间来愈合。真德秀（1178—1235），福建浦城人，朱子门人詹体仁弟子，朱子的私淑高弟，一生笃信孔孟和朱子，在确立朱子理学正统地位上发挥了重要作用。58岁去世时，留下了许多未及整理的著述。1238年，建安书院创立，此时，朱子的门人弟子虽已陆续整理了不少此前被破坏的朱子遗书，但分散各处容易遗失且互有讹误。而真德秀去世时，其理学著作多未进行系统整理，其代表作《读书记·甲乙丙丁》除乙记《大学衍义》已刊印行世，其他论著尚未系统成书，另一部著作《西山文集》也未整理成型。知府王埜请来蔡模和郑师尹，他们夜以继日，从朱子亲撰的词赋、诗、封事、奏状、行状、书时事、书问答、杂著、墓志铭、序文、祝文、祭文、公移、记、碑、跋等等尚未整理成书的文稿展开全面收集整理校对。王埜自己也参与其中，还对此前已刻印行世的朱子著述进行收藏保护。同时，也在努力辑录真德秀的读书记和各类文章。

一年之后，王埜将整理收集校对的文稿编成《朱文公文集》100卷，《续集》10卷，在建安书院镂版成刻（见赵希弁《读书附志》）。之后，继任知府王遂继续加大力度，从尚在人世的朱子门人弟子中，吏部侍郎朱在之子中广泛收集，发现所得已基本在王埜版刻中。于是，再请蔡模出山搜集，还找到了刘文昌的家藏手抄本，经多方补遗，在王埜的基础上补入《续集》。淳祐五年（1245），王遂委托友人刘叔忠在建安书院刊印《续集》10卷行世（见王遂《文公续集序》）。淳祐十年（1250），时任建安书院山长徐几不减搜寻力度，他从浦城县尉刘德华家中得到《与刘韬仲札》一书补入《续集》，《续集》遂为11卷（见刘永翔《朱子全书·校点说明》）。景定四年（1163），时任知府余师鲁再接再厉，又得朱子遗书10卷，辑录成《别集》。咸淳元年（1165），时任山长黄镛将此前书院累积的朱子遗书完整成系列，在建安书院镂版印刻，遂成《朱文公文集》100卷，《续集》11卷，《别集》10卷（见黄镛《文公别集序》）。

经过二十多年数任知府和山长的努力，建安书院终于完成了抢救朱子遗书的艰巨任务。其功绩于百世，诚如黄镛在序中所说"真斯文之大幸也"。

2. 收藏丰富

建安书院所藏典籍，主要是朱子理学以及与之相关的书籍善本。其藏书内容丰富，是研究理学、体会朱子思想真义的文章宝库。

一是书院整理成册的书籍。

《朱文公文集》100卷里有：《词赋》1，《诗》9，《封事》2，《奏劄》2，《讲义、议状、劄子》1，《奏状》4，《申请》2，《辞免》2，《书时事出处》6，《书汪张吕刘问答》6，《书陆陈辩答》1，《书问答论事》1，《书问答》1，《书知旧门人问答》26，《杂著》10，《序文》2，《记》4，《跋》4，《铭箴赞表疏启婚书上梁文》1，《祝文》1，《祭文》1，《碑》2，《墓志铭》4，《行状》5，《公移》2。

《续集》11卷里有：《答黄直卿》1，《答蔡季通》1，《答蔡季通、蔡伯静、蔡仲默》1，《答刘晦伯、刘韬仲》1，，答吕东莱、与王尚书等12人1，与赵昌甫、答江隐君等11人1，答黄子厚、丘子膺等10人1，答折宪知常、与黄知府等11人1，《答刘韬仲间目》1，《答李继善间目》1，《答刘德华》1。

《别集》10卷里有：《书时事帖》1，《书信》4，《书讲学及杂往来帖》1，《诗》1，《记》1，《祝文》1，《祭文》1，《题跋》1。

以上所列几乎详尽了朱子生前原创的所有文章。这些文章经过书院收集整理，均刻印成书留传于世。

二是收藏保护的书籍。

主要是收入朱子生前已刻印传世、却遭到党禁冲击破坏的书籍。有《四书章句集注》《四书或问》《诗集传》《周易本义》《楚辞集注》《仪礼经传通解》《资治通鉴纲目》《近思录》《太极图说解》《西铭解》《延平答问》《小学》《参同契考异》等等共20余部著作。还收藏包括真德秀《大学衍义》在内的北宋以来先儒的著作。同时，也收入了朱在编的《朱子文集》88卷（见朱玉《朱子文集大全类编引言·又》），以及黄榦撰写的《朱先生行状》，李方子的《紫阳年谱》，蔡沈的《文公年谱事实》等等门徒子弟编撰的文集、行状、年谱等等。

三是书院创作及后世编撰的著作。

首任山长蔡模毕生专研理学，本人还是一位多产作家。在书院期间，他撰有《文公年谱大略》《易传集解》《大学衍说》《河洛探颐》《续近思录》《论孟集疏》等与朱子理学关联的著作留存。其中《文公年谱大略》成为后世研究朱子生平珍贵的考据书，《论孟集疏》清代被收入四库全书。同时，他与郑师尹一道，完成了真德秀《读书记·甲乙丙丁》和《西山文集》的辑录。元代，山长黄君复曾主持刻印《蜀汉本末》，书院藏书呈现多元化。(见黄君复1351年《蜀汉本末后序》)。清代，朱子建安嫡长派十六代孙朱玉编成《朱子文集大全类编》传世，亦与书院收藏。

3. 厥功至伟

书籍，是人类历史上传递海量文明信息的最好媒介，也是社会进步的阶梯。在朱子之后数百年的朱子文化传承中，建安书院功勋盖世，难有其右者出。

据上海古籍出版社和安徽教育出版社联合出版的《朱子全书》之《校点说明》介绍，现存《朱文公文集》100卷，《续集》11卷，《别集》10卷，仅有闽浙两种版本，闽本为祖本，浙本源自闽本，且浙本缺《续集》《别集》。《校点说明》还特别指出，闽本为宋代咸淳元年（1165）建安书院镂刻本，后因刷印次数过多和时间长造成的损坏，现存闽本和浙本均为宋刻、元明递修本。宋代闽北的建本刻印天下闻名，建安书院正是在建本技艺的帮助下，完成了自生民以来、孟子之后为万世续绝学继道统的朱子理学的文化传承。南宋末年，宋人黎靖德在编撰朱子语录体著述《朱子语类》时，就大量参考和引用了建安本里问答类的文章。如今，源于建安书院的宋刻、元明递修本的《朱文公文集》《续集》《别集》，更是《朱子全书》的重要组成。在《朱子全书》这部代表了权威而全面的朱子文化著述大全中，除了注疏类、礼书类、考异类和史书类著作，其余均全部或部分（如《朱子语类》）出自建安书院。

《校点说明》说："朱子身后，曾有朱在、黄士毅、魏了翁等人编撰的另外三种《朱文公文集》传世，但都因遗失而不见于天壤之间，唯有建安书院刻的百余卷有如神物护持，流传至今。"而所谓"神物"，无非建安书院崇儒重道之风耳！

闽本原书现藏于上海图书馆，浙本藏于国家图书馆，海外也有收藏，《朱子全书》则是遍行天下，家喻户晓，成为今天的我们学习朱子、研究朱子的宝贵遗产。抢救及时，编刻高质，护持有力，建安书院对朱子理学的贡献厥功至伟。

2021 年 9 月 25 日稿成

考据文献：
（1）王遂《建安书院记》
（2）乾隆版《紫阳朱氏建安宗谱》

（3）民国版《建瓯县志》

（4）刘钺《紫霞洲朱文公祠记》

（5）徐孺芳《建溪书院碑记》

（6）郑重《建溪书院碑记》

（7）建溪书院《杜昌丁记》

（8）建溪书院《陈俊千记》

（9）吴章中《建安纪事》之《历史上任职于建瓯的主官名录》

（10）建溪书院《潘锦记》

（11）赵希牟《读书附志》

（12）王遂《文公续集序》

（13）刘永翔《朱子全书·校点说明》

（14）黄镛《文公别集序》

（15）朱玉《朱子文集大全类编引言·又》

（16）林淳《建安书院故山长陈公墓志铭》

附录2

此心安处是吾乡

1=C 4/4

吴章中 词
魏朝晖 吴章中 曲

$\dot{3}$ 4 - 5 7 $\dot{1}$ | $\dot{3}$ - - 2 | 7 - - 0 7 | $\dot{5}$ - - - |

$\dot{3}$ - - 2 5 | $\dot{3}$ - - 2 $\dot{1}$ | 6 - 0 $\dot{1}$ 2 5 |

$\dot{3}$ - $\dot{2}$ 0 . 5 ‖: 1 1 1 1 2 3 3 3 3 2 1

(1) 男：是　什么　　让你 停下了 归乡的
(2) 女：　　什么　　让你 卸下了 远足的

0 5 6 1 - 0 6 1 | 3 2 2 - 1 6 5 | 5 - - 0 . 3 |

脚　步　　旅馆　寒灯　独不　眠　　　是
行　囊　　日长　夜永　为愁　煎　　　是

5 6 5 5 2 1 3 2 1 1 2 1 | 6 6 1 3 2 2 |

什么　凝固 了我们 的笑　颜　　万户 低声

什 么　点燃 了我们 的激　情　　家国 风雨

| 5·2 1 - - | 6 6 6 5 6 6·3 5 6 |

残月 边　　　　　生命 刹那间 　的 危
忧未 停　　　　　同胞 手足般 　的 苦

| 2 3 2 2 2 1 2 2 6 1 | 6 5 5 2 3 2̂ - |

险　暂停 了　吾乡 花开 的流 年
难　绽放 了　吾乡 芬芳 的青 春
　　　　　　　　　　　　（5̂ -）

| 6 7 1 1 7 5 6 5 5 5 | 3 2 2·1 6 - |

所有 离别的 逆 行　都 令人　动 容
所有 出征的 天 使　都 不怕　魔 鬼

| 6 1 6 5 5 2 3 2 2 2 3 | 6 5 5 2 3 5 - |

每个 忠诚的 值 守　足以 温暖 寒 冬
每个 参战的 力 量　足以 保卫 家 园

| 5 - 1 2 3 2 ‖ 2 1 6 - 1 7 |

　　　男：我们 不离　不 弃　　　　手手
第二遍进女声　　　0　0 5 1 2 1̂ |
　　　　　　　　　　　哦 不 弃

附录 295

296 念亲恩——偶写漫记录

（乐谱）

万里长城　　　　　我们不离
万里长城

不弃　　手手相牵我们同祖
哦　不弃　　　相牵

同根　心心相连
同祖 同根　　相　连

武汉　中国　筑起万里长城
武汉　中国

附录 297

我不会离开你

1=G 4/4

吴章中 词
《Так хочстся жить》 曲

0 0123 23 3 | 0 042 - | 0 0 71 2.5 |

5 6 6 6 6 0.3 | 3 0 0.3 3333 |
　　　　　　你 听，　　　春天的花儿

3 4.4 0 0711 | 22 0 0.2 2222 |
开了　　　沉寂的 寒夜　　有 花瓣开的

2 1 1 0 0 | 33. 3 0 33 555 |
声 音　　　　　你看，　朝霞 染红了

5 4.4 0 0 | 22. 0 0 22 2222 | 21. 1 0 0.6 |
天边　　　窗前，飘来有阳光 的风　　知

附录 299

3 3 0 0·3 3 3 3 | 4 0 0 0 1 1 | 2 1 2 2 0 5 6 4 |
道吗？ 我此刻多 想　　和你 在一起， 玩耍

4 3·3 0 0 | 3 3 0 0·3 3 3 3 | 4 0 0 0 2 2 |
聊天　　一起， 再拌嘴出 游　　 然后

5 5 5 5 0 4 5 4 | 3 3 0 0 ‖ 6 3·6 7 1 |
言归于好， 相爱相 亲

2 - - - | 5 2 - 1 2 1 7 | 6 - - 0·6 |
　　　　　　　　　　　　　　　　　　　我

3 3 0 0·3 3 3 3 | 4 - 0 0 | 5 - 0 5 5 5 5 4 |
不要， 你双眼迷 茫　　 更 不愿你无助

4 3 3 3 0 0 X X | X·X X X·0·3 3 3 3 |
绝 望　　 亲爱 的请记住， 我 不会离

5·6 5 4 0 0 | 3 3 0 0 2 2 1 2 2 |
开 你　　 不会， 抛下 你不顾

1 2 1 1 0 0·6 | 1 1·0 0 7 1 7 1 7 |
不 管　　 知 道吗？ 你是 我的臂

念亲恩——偶写漫记录

6 - 00 1̲7̲ | 7 - 0.7̲ 2̲2̲2̲2̲ | 1̇2̲̇1̲̇1̲ 0 0 |
膀　　　失去　你，　我将会一生　忧　伤

3̲3̲ 0 0.3̲ 3̲3̲3̲3̲ | 4⁵₄ 4̲2̲ 0 1̇ | 7̲7̲ 0 0 2̲̇2̲̇2̲̇2̲̇ |
挺住，我正夜以继　日 噢　奔　向你，　带你远离

2̲̇1̲̇ 1̲̇7̲1̲6̲ - | 1̇.7̲ 7̲1̲̇ 2̇.1̲̇ 1̲̇7̲ |
魔障

1̇.7̲ 7̲1̲̇ 2̇.1̲̇ 1̲̇7̲ | 7̲.5̲ 5̲6̲ 7 1̲̇7̲ | 6 - - 6̲7̲1̲̇³ |

6 3 - 0 4̲5̲ | 6̇.5̲̇4̲̇ 4̲6̲5̲4̲³. | 4 ⁵₆7 ⁵₆6 ⁵₄5 |

⁴³₄ 3 3̲̇2̲̇3̲ 2̲̇1̲̇7̲1̲̇ | 6 - - 0.1̇ |
　　　　　　　　　　　　　　　　知

1̲̇1̲̇ 0 0.1̇ 7̲1̲̇2̲̇ | 2̲̇1̲̇ 1̇ 0 0̲1̲̇1̲̇ |
道吗？　　你 是我的 臂膀　　　　　失去

7 0 0 2̲̇2̲̇2̲̇2̲̇ | 1̲̇2̲̇1̲̇ 1̇ - 0̲1̲̇1̲̇ |
你，　　　我将一生 忧 伤　　　　忘掉

1̇1̇1̇1̇ 1̇ - 1̇1̇1̇ | 1̇ - 0 1̇1̇1̇1̇ |
所有的恐 惧，　都要坚　强　　就让我们

一起，来 面对 放纵的 沧桑　　　　　　请相信，　　你 终会安然 无恙

此后未来，我们 一起　　　　童叟不欺，心存善念　　家乡的路上， 看山青 水 蓝。

逆向而行

1=C 4/4

吴章中 词
魏朝晖 曲

独白（庚子年的春节，我们，家家不串门）（0 3̇ 4̇ |

5̣ 6̣ 5̣ 0 1 2 3 3 0 2 3̇ | 4̇ 3̇ 2̇ 2̇ 3̇ 1̇ 2̇ 0 3̇ 4̇ |

5̣ 6̣ 5̣ 0 1 2 3 3 0 2 3̇ | 4̇ 3̇ 2̇ 1̇ 2̇ 1̇ 1̇ — ）|

‖: 0. 1 1. 7 5 6 5 5 | 0 6 6 6. 3 5 — |
　　公 园 关 闭 了　　剧 院 停 演 了
　　交 通 管 制 了　　车 船 限 行 了
　　口 罩 不 多 了　　防 护 服 少 了

0 4 4 4 3 2 2 5. 1 | 3 — 0 0 |
街上 的行人　 稀 了 呀
要命 的瘟神　 藏 哪 呀
供给 的物资 要充 足 呀

病房里的人 越来越满了
家乡的空气 越来越冷了
肆虐的魔鬼 越来越近了

哦 爱人啊 好多人正在 等待 救治呀 哦
哦 妈妈啊
孩子啊 亲人们正被 病毒 包围呀
孩子啊 勇士们正在 前方 拼命呀

我怎么能畏惧生死 罔顾 危险
我哪怕是舍身纾难
也要逆向而行

哦 不逆向而行

念亲恩——偶写漫记录

哦 逆向 而行　　　　　为了家家安宁

我们 逆向 而行